Ronso Kaigai
MYSTERY
252

バスティーユの悪魔

Émile Gaboriau

Les Amours d'une Empoisonneuse

エミール・ガボリオ

佐藤絵里［訳］

論創社

Les Amours d'une Empoisonneuse
1882
by Émile Gaboriau

目次

主要登場人物

ゴーダン・ド・サント＝クロワ騎士……トラシー騎兵隊大尉
アニヴェル師……サン＝ロラン領主、フランス聖職者総収入役
レーシュ・ド・プノティエ……ラングドック州財務官
ブランヴィリエ侯爵……サント＝クロワ騎士の友人
マリー＝マドレーヌ・ド・ブランヴィリエ侯爵夫人……サント＝クロワ騎士の愛人
ラ・ショッセ……サント＝クロワの従者
ドルー・ドーブレ……民事代官。ブランヴィリエ侯爵夫人の父
ドーブレ兄弟……ドルーの息子たち。ブランヴィリエ侯爵夫人の弟
デグレ……ドーブレの部下の警察官
ユゴネ……〈ラッパを吹くムーア人亭〉の主人
エグジリ……バスティーユの囚人。毒薬の大家
オリヴィエ……エグジリの養子
アンリエット……アニヴェルの娘
コジモ……エグジリの従僕
タンカルヴェル騎士……警備隊中尉

バスティーユの悪魔

第一章　ルイ十四世治下の賭場

西暦一六六五年十一月十五日、水曜日。ヴィエイユ・デュ・タンプル通りの〈ラ・ヴィエンヌ浴場〉は夜食を楽しむ客たちで大いに賑わっていた。ここは当世流行《はやり》の蒸気風呂浴場であり、粋な貴顕紳士御用達の理容店でもある。

「居酒屋」や手軽に色事を楽しめる場には事欠かない今日（本作が連載を開始した一八六一年）、パリの人たちは、文明と安楽はここに極まれり、と思っているかもしれない。ルイ十四世の御代《みよ》前半の「理容店」「蒸気風呂」「浴場」が何を意味したかについては、説明を要するだろう。

十七世紀のパリには、ブルジョワや庶民が「蒸気風呂」と呼ぶ温浴場が今日よりも数多く存在していた。

この都には、ピンからキリまであらゆる等級の旅籠や宿屋があった。見事な家具を設えたホテルもありはしたが、数はごく限られていた。

そうした高級ホテルの客は主に、王宮に仕える者ではなく、パリに邸宅を構えていない大貴族である。パリに邸宅を持つ貴族や、王室とつながりがある大貴族のための特別な宿も一つ二つあったものの、今では類似する施設がないため、それらをどう定義し、どう呼ぶかとなると、なかなか難しい。

いっぽう、温浴場の経営者は理容の専門家で、騎士や貴婦人の整髪で名を馳せた者が多かった。

当時、理容師と浴場主は同一の職業とされ、「理容・浴場主」の同業組合に属していた。ただ、〈ラ・ヴィエンヌ浴場〉の主は典型的な「浴場主」でありながら、同業組合の規則を意に介していなかった。

国王ご本人か大貴族のお墨付きを得ていたからだ。

客が彼の店にやって来る目的は、さまざまである。

第一の目的は、健康と衛生だ。浴場では極上の風呂が楽しめる。脱毛施術や、香料と化粧品入りの風呂によって身体《からだ》は活力を取り戻し、肌は柔らかく、四肢はしなやかになる。

この店の従業員は控えめで口が堅く、気が利く。

客は旅立ちの前日、あるいは帰還の当日に浴場にこもり、道中の疲労に備えて英気を養ったり、消耗した体力を回復したりする。

しばし世間から身を隠し、口さがない連中を遠ざけて好奇の目を逃れたいときも、浴場へ行った。そこでは世話を焼かれ、もてなされ、丁重な扱いを受ける。奢侈あるいは背徳によって、あらゆる快楽が手に入るのだ。

浴場の主人も従業員も、客の仕草と眼差しからお忍びであることを察していて、どんな有名人に対しても名前さえ知らない振りをする。

そうした隠れ家にこっそり出入りし滞在しても、暴露される心配はみじんもない。

浴場には、好奇と監視の目を避けて婦人たちが変装し、顔を仮面で覆い、独りで、あるいは愛人に伴われてやって来る。気楽な遊びと手軽な情事を愛する若い貴族たちも集い、酒宴と賭博に興じる。あらゆる年齢の男を誘惑する術を心得た美人女優、山海の珍味を飽くことなく堪能したい美食家、大食家もやって来る。

〈ラ・ヴィエンヌ浴場〉はかなり広いが、個室が巧みに配置されており、噂の的となっている人物やお尋ね者の存在も外部にはいっさい漏れないようにできていた。周囲の環境は閑静そのものである。粋を極めた悪徳の巣窟であるこのバベルの塔は、一見、美徳の宿る場所にしか見えないのだった。ルイ十四世その人も、情熱溢れる若き日々にこの〈ラ・ヴィエンヌ浴場〉を数度訪れ、やがて従業員の一人を引き抜いて近侍にしたという。

さて、いよいよ物語の幕開けだ。〈ラ・ヴィエンヌ浴場〉では食事が終わったところで、酒も回り、カード賭博も佳境に入っている。

卓上に金貨の小山がいくつもきらめき、金色の光が、枝付き燭台のばら色の蠟燭が放つ光と交差する。さまざまな身なりの客がテーブルの周りをぎっしりと取り囲み、酔いにまかせて遠慮なく打ち解けている。にわか仕立ての士官、サロンに入り浸る神父、教会の財務官、カジノの常連の貴族、宮廷や街路や劇場の女優……。

そんななか、トラシー騎兵隊のド・サント＝クロワ大尉が、サン＝ロラン領主にしてフランス聖職者総収入役アニヴェル師を相手に賭けをしている。

ゴーダン・ド・サント＝クロワは軍隊で勇名を馳せており、また、首都パリのサロンでも、機知と快活さを認められて久しい。

出自についてはほとんど知られておらず、モントーバン（南仏の都市）のつましい家系の出身だと噂されているだけだ。騎士の財産についてはさらに謎に包まれていたものの、彼自身は名家の庶子と称し、振る舞いはいかにもそれらしい。金離れもよければ、剣を抜くのも素早かった。

要するに、年齢は三十五歳前後、見目麗しく話し上手で教養があり、礼儀正しく、金遣いが荒く、多情で相手が遊び女でも嫉妬に狂い、乱痴気騒ぎにも慈善事業にも喜んで馳せ参じる男だった。伊達者の誉れ高く、帽子の羽飾りは非の打ち所がなく、最新流行のキャノンズ（膝下の飾り布）が趣味のよさを物語る。

当時の混沌とした社会では、彼の出自を詮索する人はいなかった。なにしろ、少し前には王弟オルレアン公がポンヌフ橋の上でブルジョア相手に巾着切りをするという騒ぎがあり、その後、ホルヌ伯爵がヴニーズ通りの相場師殺しのかどでグレーヴ広場で車輪刑に処せられたという時代である。

ともかく、この夜、サント＝クロワはつきについていた。

アニヴェル収入役の金はことごとく騎士の前に移動し、うず高く積み上げられている。

そして、オテル・ド・ブルゴーニュ座の女優、コメディ・イタリエンヌ劇団の若い女優、自称侯爵夫人、お忍びの伯爵夫人をはじめ、ラ・ヴィエンヌで美食を楽しむ常連の女性客たちが騎士を悩殺しようと流し目を送り、婉然と微笑みかけている。

けれども、騎士は勝っても負けても冷静沈着を保った。

しかし、相手は違った。フランス聖職者総収入役はすでに三百ピストール（旧体制下の計算貨幣で一ピストールは十リーヴルに相当）負け、まるで百万ピストールを失ったかのように騒ぎ立てていたのだ。

「場所を代わりましょうか、アニヴェル殿？」若きリュバンテル侯爵が尋ねる。

「いいや、結構」収入役が答える。「ラングドック州各地の司教様の金庫を全部空にすることになっても、騎士殿の幸運がどこまで続くか見届ける覚悟だ」

「いやはや」騎士は投げやりに答える。「慈善事業に数千エキュ（一エキュは三リーヴルに相当）寄付するために、聖職者の大金庫に頼らせていただきました」

「騎士どの」と口を挟んだのはスビラン侯爵夫人である。「貴方と勝負したいわ。五十ピストール貸してくださいな！」

「さあ、どうぞ、侯爵夫人。しかし、ご用心なさい。その金貨はすぐにこちらへ戻ってきますよ」

「そうしたら、追いかけていきますわ」うら若い侯爵夫人はきっぱりと言う。

「賭け金を倍にしてはいかがかな？」アニヴェルが問う。

「望むところです。ただし、皆さんに申し上げておきます。もう十時です。一時間後には失礼します。さる所で人と会う約束がありますので」

「人と会うですって！」マリエッタ・ザンボリーニが声を上げる。コメディ・イタリエンヌ劇団の女優だ。「きっと、お相手はオテル・ド・ブルゴーニュ座のいけすかない女でしょ！」

「フォワール劇場の尻軽女でなければね」と言い返したのは、国王お抱えの悲劇女優、オロール・ド・ボワロゼ嬢である。

ザンボリーニがボワロゼ嬢の顔に向けて放り投げたグラスを、サント＝クロワが空中で受け止める。

「それくらいにしておきましょう、わが恋人たちよ！」騎士がその場を収めようとする。「賑やか過ぎてアニヴェル殿の負けが聞こえませんでしたよ」

「あら、また負けたんですの？」金髪のオロールが叫ぶ。

「残念ながら！」収入役が不機嫌そうにうめく。「騎士殿はつきに恵まれ過ぎだ。運が尽きたときのために首をくくるロープをポケットに用意したらいかがかな」

オロール嬢が騎士の膝の上にするりと乗る。

「あたしの取り分をちょうだいな」

「折半する約束なんかしたかい？」

「いいじゃない、勝ったんだから」

ある近衛騎兵隊中尉の資金一切を提供していたスビラン侯爵夫人が、アンベルメニル（フランス東部の町）の議長夫人の耳元に何かささやく。この夫人は塩税署監督官をまさに破産させんとしているのだ。

「ああいう三流女優には哀れを催しますわ！　たったの一エキュで身を任せるんですもの！」

それを小耳に挟んだザンボリーニがやり返す。「あんたたちのほうが哀れだわ。ただで身を任せるんだから！」

この一言が、騒ぎに火をつけた。

侯爵夫人と議長夫人が立ち上がり、言葉と爪の両方で反撃しようとする。

女優たちも負けじと攻撃態勢をとる。

リュバンテル侯爵と何人かが間に割って入ると同時に、サント＝クロワが床に金貨を一つかみか二つかみ放り投げる。

貴婦人も女優も、喧嘩を忘れて争奪戦を繰り広げる。

スルドリ修道院長が口を開く。「これほど大騒ぎをしても、今夜、ベルナルダン通りのお宅で騎士殿が誰を待つのかはわかりませんな」

「フラヴィニー家の私の従妹では？」リュバンテルが尋ねる。

「私の義姉、シャステリュイ夫人？」修道院長が続ける。

「それともシャンメスレ嬢？」別の一人が言う。

「グラヴィリエ通りの毛織物店の美人店主？」

「ショルヌ公爵夫人かもしれませんぞ」

「いや、ポンヌフ橋の大道芸人、フロリモンドちゃんかな」

「もしかしたら、私？」スビラン侯爵夫人が言う。

「それとも、あたしたち？」口を揃えて言うのはザンボリーニ嬢とボワロゼ嬢だ。

「皆さん、どういうわけか、まったく見当違いですよ」サント＝クロワが答える。「今夜会う相手は二人います。一人は信仰の師、もう一人は化学の師です」

「ということは、騎士殿は神を信じておるのかな？」修道院長が声高に尋ねる。

「私は教会の人間ではありませんから、答えられます。はい、と……」

「悪魔は？」と尋ねたのはオロールだ。

「お前のせいで、さっきから信じるようになったよ、この小悪魔め」

宴はなおも続く。男たちは飲み、女たちは笑う。この上なく巧妙に賭けを続けながら、サント＝クロワが語る。

「師はイエズス会士で、弁も立ち学も深い方です。新しい教義について、いくつか興味深い示唆をしてくださいました。それについて真剣に深く検討し、得られた見解を書き留めました。次の著書で発表するつもりです。

皆さん、私は敬虔な信者で、それを誇りに思っています。信仰に一点の曇りも疑いもありません。わが情熱の源である神はけっして理不尽なことはなさいませんから、われわれの心にかき立てた情熱を、どんなものであれ妨げたりはなさいません。

また、国に仕える方法は一つではないと考えております。これまでは剣で国を助けてまいりました。これからはわが知恵で国を支えるつもりです。

だから、賭けをしないときに考え、戦わないときに探求し、愛していないときに、見出すのです。もっかのところ、科学こそわが唯一の恋人であります……」

「どんな科学ですか、騎士殿?」

「毒物学です」

「どくぶつがくって、何ですの?」女たちが問う。

「毒薬の研究ですよ」サント=クロワが静かに答える。

一同は相変わらず賭けに夢中だ。テーブルの上では金貨がひっきりなしに転がる。

収入役はすっかり運に見放されて、大尉が勝ち続けているのだ。

サント=クロワ大尉が不意に手を止め、懐中時計とカードを交互に眺める。

「アニヴェル殿、また負けましたね。私はそろそろ失礼しなくては……」

「倍賭けだ!」収入役は引き下がらない。

「倍賭けだ!」役割が逆ではあったが、サント=クロワはおうむ返しに答える。

勝ったのは、騎士だった。

「倍賭けだ!」アニヴェルがむっつりと言う。

「打ち止めか、お望みとあらば倍賭けで」サント=クロワが答える。「とにかく、私はもう帰らなくてはなりません」

「騎士殿の度量は大したものですな!」男たちが口々に言い合う。

女たちは何も言わないものの、騎士とその賭け金にじっと目を凝らしている。

スビラン侯爵夫人が閨房《けいぼう》の鍵を賭け金の中に放った。

「私が勝てば、その鍵はゲブリアック殿にちゃんとお返ししますよ」とサント＝クロワが混ぜっ返す。

ところが、つきが変わった。

騎士が負けたのだ。

「ごきげんよう、皆さん」騎士は冷ややかに言い放つ。

そして、その夜の間中、自分の前に積まれてきた金貨の山をアニヴェルのほうへ押しやると、立ち上がって従僕に帽子と剣を持って来させた。

収入役は大喜びで金貨の山の上を転げ回る。

「まさに諺のとおりですな」

「どんな諺ですか？」剣帯の留め金をかけながら騎士が聞き返す。

「貴君もよくご存じでしょう。『賭けで幸運、……』」

「『女で不運』ですか？　しかし、私は独身ですよ、アニヴェル殿」

「たしかに、貴君の代わりにご友人が不運を託《かこ》っていますな」

すでに扉の近くまで来ていた騎士が弾かれたように振り返る。

「どういう意味です？」騎士が傲然と尋ねる。

「皆が話していることをそのまま繰り返したつもりですが」

「話しているって、何を？」

「とぼけても無駄ですよ。貴方はブランヴィリエ侯爵と親しく、心優しい彼にはすこぶる艶かしい細君がおられて、夫にはないものを貴方に求めているらしいことを、知らない者はありませんぞ。そのうえ……」

収入役は言葉を続けられなかった。

サント＝クロワが剣を抜き、猛然と彼のほうへ向かったからだ。

「騎士殿、何をなさいます？　落ち着いて」四方八方から声が上がる。

「わかりませんか？」騎士は怒りに駆られて答える。「こいつはとんでもない奴だ。さあ！　そんな根も葉もない中傷を二度と口にできないようにしてやるぞ！」

アニヴェルが騎士の細い剣を避けようとする。その顔は屍のように蒼白だ。

男が数人、騎士を押しとどめて剣を取り上げようとする。

だが、それは容易ではなかった。

女たちは怯えて部屋の隅へ逃げ込む。

そのとき、扉が開いた。サント＝クロワの従者が現れ、人垣を掻き分けて主人のところへどうにかたどり着くと、耳元で言った。

「殿、お客様がお待ちです」

騎士はすでにアニヴェルに手を掛けている。

しかし、従者の言葉に、後ずさりした。

怒りの嵐が去り、騎士は不意に笑い出す。

剣は鞘へ戻された。

「さあ、聖職者総収入役殿、お立ちなさい！　もう危害は加えません。そんなに震え上がって、何たるざまだ。貴方があまり怖がるから、ご婦人方まで怯えてしまう。何よりも、すんでのところで私を止めたラ・ショッセに感謝することですな。彼が割って入らなければ、貴方の両耳を切り落としていた。ブランヴィリエ侯爵夫人がこの上なく貞淑な女性であるのと同じくらい、確実に」

そう言うと、騎士は一同に尊大かつ優美なお辞儀をして立ち去った。

金をポケットにしまおうとするアニヴェルを、オロール・ド・ボワロゼ嬢とマリエッタ・ザンボリーニ嬢が競うように手伝い、災難に見舞われたことを慰めている。

当時〈ラ・ヴィエンヌ浴場〉のような場所で、剣を帯びた男たちがこうした喧嘩騒ぎを起こすのは珍しくなかった。

騎士が立ち去ってしまうと、客たちは何ごともなかったかのようにまた遊び出した。

野次馬のなかに、騒ぎにはいっさい加わらなかったものの、興味津々で事の成り行きを見守っていた男がいた。

名はレーシュ・ド・プノティエ、ラングドック州財務官である。アニヴェルの友人でありながら、サント＝クロワが彼を剣で脅しても、身じろぎ一つしなかった。

プノティエは大理石の暖炉棚に肘をついていた。黒玉を縫い付けた漆黒のビロードの服が白い石の上にくっきりとしたシルエットとなって浮かび上がる。無表情な眼差しで、一部始終をじっと見つめている。

だが、喧嘩が始まったときと同じく唐突に収まり、騎士が長剣を鞘に収めると、財務官のぼんやりした目に悔しげな表情がちらりと浮かび、薄い血色の悪い唇が半ば開いて、ただ一言、吐き捨てるように言った。

「へぼ剣士め！」

サント＝クロワが去ると、プノティエ氏も自分の馬車を呼んだ。

第二章　父と夫

〈ラ・ヴィエンヌ浴場〉でそんな騒ぎがあった頃、ブランヴィリエ侯爵邸の重厚な彫刻を施した扉の前に、一台の四輪馬車が停まった。馬車は紋章をつけておらず、窓は当時の流行に従い、垂れ布で覆われている。侯爵邸は、十七世紀に多くの貴族の館が並んだリオン＝サン＝ポール通りでも一際壮麗な建物だ。

馬車が停まるや否や、従僕が重いステップを下ろす間もなく、三人の人物が降りてきた。二人は若く、一人は年輩者である。

年輩の男は前世紀の服装に身を包んだ民事代官（国王の代理を務める執行官）ドルー・ドーブレ氏。フロンドの乱の際にはルイ十四世の母后アンヌ・ドートリッシュの側近を務めたこともある、ブランヴィリエ侯爵夫人の父親である。若い二人は彼の息子たちだ。

三人は表門の陰に頭を寄せ合って何やら相談していたが、数分後に御者に合図を送ると、御者は馬に鞭をくれ、馬車は全速力でロワイヤル広場の方角へ去っていった。

二人の若者はマントの衿を立て、大ぶりなフェルト帽を顔まで下げて、少し離れて塀のくぼみに陣取っている。

ドーブレ氏が扉の重いノッカーを持ち上げて勢いよく下ろすと、森閑とした通りに音がこだまする。

肘金のきしむ大きな音がし、扉が開かれた。

守衛は侯爵夫人の父親を認めると丁重にお辞儀をする。守衛の指示で、従僕が二本の手燭を掲げて民事代官の先に立ち、階段を上ってブランヴィリエ侯爵の私室へ案内した。

侯爵は由緒正しい家柄の出で、ノルマンディ騎兵連隊長である。戦いの合間の限られた余暇を存分に活用し、士官と享楽的な貴婦人からなる遊び仲間の間では名うての賭博師、色男として通っていた。

その評判を得るまでに財産をほとんど使い果たしていたが、それをさして苦にもしなければ、恥じてもいなかった。財産を予め分割し、妻の持参金には債権者の目が届かないよう取り計らっていたからだ。貯蓄のためではない。生まれついての貴族である彼は、そんなブルジョワ的な考えを抱きはしない。自分の浪費のせいで妻を困窮させないための心配りである。

ブランヴィリエ侯爵は当初妻を熱愛していたものの、時と共に情熱は冷めていった。残っているのは、優しい親愛の情と信頼だけだ。そのため、よき伝統に従い、侯爵夫人の品行をほとんど気にすることなく、実に鷹揚に、妻にも自分自身と同様の自由を与えていた。

その夜、侯爵は、書斎の高いマントルピースの片隅で、大きな肘掛け椅子に身を預けていた。彼はまどろんでいた。前日かなり遅く夜食をとったうえに、今日は日がな一日、賭けで負け続けたのだ。そこへ、従僕が遠慮がちに扉を開いてドルー・ドーブレ氏の来訪を告げたのだから、泣き面に蜂の不意打ちである。

それでも、侯爵はきわめて社交的な男だったから、そんなふうに眠りを破られたからといって不機嫌な顔を見せたりはしない。喜ばしげな振りをして勢いよく立ち上がり、義父のほうへ駆け寄る。

抱擁とお決まりの挨拶を済ませると、侯爵は言った。

「これはこれは、いつも悠然としていらっしゃるお義父様《とう》がこんな時間にお運びくださるとは、何かお困りのことでも？　私も連隊の兵も、お義父様のためなら何なりと喜んでいたしますよ」

　民事代官は、すぐには答えない。侯爵の正面にゆっくりと腰を下ろし、しばし黙考してから、口を開いた。

「侯爵、誠に遺憾ながら、わが家の恥とも言うべき事柄についてお話ししなくてはなりません。娘のことです」

「家内の？」

「ええ、残念ながら。それに、サント＝クロワ騎士のことです」

　侯爵は顔を曇らせる。退屈な説教が始まろうとしており、逃れる術はとうていなさそうだ。長いため息が彼の口から漏れる。

「いやはや！　あの哀れな騎士がまた何をしたというのです？」

「何をした、ですと？」ドーブレ氏が答える。「侯爵、見ようとしなければ、盲目の人よりも見えないものだ。君がまさにそうだ。サント＝クロワ騎士は卑劣にも君の友情を悪用し、わが娘、君の妻はその片棒を担いでおる」

「それは誤解でしょう」

「いや、間違いない」

「でも、だとしたら、私にどうしろとおっしゃるのです！」侯爵はじれったそうに声を荒らげた。「サント＝クロワ騎士はわが友人であり、この世で最も気高い人物です。軍隊で彼と知り合い、私自身が彼をこの館へ連れてきて、家内に紹介したのです。家内は最初のうち、彼に対してなぜかよそよそしいように見えました。それでも徐々に、彼と信仰について語り合うのを好むようになったのです。ともかく私は、家内と親友に囲まれた世界一の幸せ者だと思っていました」

「つまり、二人がぐるになって君を欺いていたのだ」

「お義父様に以前もそう言われ、少なくとも二人の交情が醜聞になっているということなので、不本意ながら、この館の扉を彼には閉ざしたのです。お義父様には想像もつかないほど、私はそれを悔やんでいます。それだけではまだ足りないとでも？」

「そうだ、妻を監視するのをやめてはいけない」

「ああ！　お義父様！　まさか！　私が家内に嫉妬しているなどと勝手に決めつけて、私を侮辱なさるおつもりですか？　家内には全幅の信頼を寄せているというのに」

「娘は君を裏切っているぞ」

「お言葉を返すようですが、そんなことは信じられません。私は自分の目で見たことしか信じません」

民事代官は怒りに任せて、椅子の肘掛けを拳で叩いた。

「それでは、証拠をお目にかけよう。証拠さえ見れば……」そう言いながら、ドーブレ氏は立ち上がる。

「お義父様、私をそんなに苦しめたいのですか……ひどい仕打ちをなさろうというのですね」侯爵はそこまで言うと笑い出した。「でも、私には自信があります」

「それは間違いだ」ドーブレ氏がぴしゃりと言い返す。「君は間違っている。今回は、夫がすべきことを父である私がした。その結果をお見せしよう」

「お待ちください、お義父様。仮におっしゃるとおりだとしても、それがどうしたと言うのです！結婚して何年も経つのに、私の名を継ぐ世継ぎを生んでもくれない妻なのに」

「何だと！」民事代官は憤慨して叫ぶ。「君は、家名の威厳と妻の名誉をそんなふうに考えているのか。君が何を言いたいか、わかっている。王国の名家の例をいくつも挙げて、恥知らずな妻の逸脱に目をつぶる理解ある夫を演じるのが得策だと言いたいのだな。だが、侯爵、私は宮廷の人間ではないし、不名誉など気にすることもないほどの家柄だとも思っていない。神と人が与えた神聖な権利を恥ずかしげもなく放棄するのは君の勝手だが、私は父祖から受け継いだ神聖な権利を主張する。さあ、決めるのだ。私に従い、館の前で待っている息子たちと合流するかどうか」

「何ですって？　こんな時間に、こんな嫌な天気なのに？」

「名誉のためだ、侯爵。これまで紋章に染み一つなかった二つの高貴な家の名誉のため、この醜聞に終止符を打たなくては」

「わかりました、お供しましょう。正直に言って、こんなことをして何になるのかわかりませんが」

そして、従僕の手から剣とマントを受け取ると、ブランヴィリエ侯爵は民事代官の後に続いた。

館の重い扉が二人の背後で閉まると、民事代官は独特の抑揚をつけた掛け声で息子たちを呼んだ。あらかじめ合図を決めておいたらしい。若い兄弟が見張り場所を抜けて父のほうへやって来た。

「どうだ？」ドーブレ氏が尋ねる。

「まだ何も」若者たちが答える。

「それでは待とう。間もなく出てくるはずだ」

「ところで、説明していただけませんか、お義父様。ここで何をしようというのです？」じれったそうに侯爵が質問する。

「ふむ、まったくのんきなお人だ」ドーブレ氏が声を潜めて言う。「われわれはここで君の細君を待っているのだ。夜毎《ごと》、館を抜け出して愛人の許へ急ぐ奥方を」

「ほう！　夜毎出かけているとは！　そんなことは思ってもみませんでした」侯爵が驚く。

「彼女の後をつけるのだ。そして、一緒に二人の罪人を取り押さえる。そうすれば、もう疑いの余地はなかろう」

「それでは、待ちましょう」侯爵はしぶしぶ従う。

「ただ、そのためには場所を移ったほうがいい」若者の一人が言う。「ここからでは姉上の姿が見えません。毎晩、庭の門から出かけるのですから」

「ほう！　裏門から。あの門の鍵を持っているのは私だけだと思っていました。しかし、考えてみてください。庭からと決めつけるのは結果的に家内にとって好都合になるかもしれません。表門から出る可能性もありますから」

「心配ご無用」ドーブレ氏が言う。「君の奥方はわれわれが見張っているとは夢にも思わない。高をくくっているのだ」

そして、四人の男は慎重に通りを渡り、先刻《さっき》、民事代官が侯爵の私室にいる間に息子たちが潜んでいた塀のくぼみに隠れた。

パリの初代警視総監ド・ラ・レニーがランタンの街灯をともすようになるのはまだ先のこと。この大都会の夜を照らすのは月のみだったが、その夜、月はその役割をまったく果たしていなかった。

夜の闇は恐ろしく深く、われらが美《うま》し国フランスの首都の名物である小糠雨《こぬかあめ》が降り続いていた。

それでも、四人の男が張り込むくぼみからは、館の扉がよく見えた。壁龕《へきがん》の小さな聖母マリア像の足元に信仰の証としてともるささやかなランプの光が、扉をぼんやり照らすからだ。およそ三十分間、四人は一言も言葉を交わさなかった。ただ、時おり侯爵が口にする悪態が静寂をかき乱す。侯爵はとうとう堪忍袋の緒が切れ、義父に訴えた。

「お義父様、こんなことをするのはみじめだし、無駄だとはお思いになりませんか?」

「シーッ!」ドーブレ氏はそう答えるだけだ。

「まったく! ひどい天気だ。こんなことをしていると、リュウマチにやられかねない」侯爵が悪態をつく。

ドーブレ氏も息子たちも答えはしない。

「畜生め!」侯爵は不満たらたらで、虫の居所が悪くなる一方だ。「寝床にいるほうがどんなにましか。フランドルで受けた古傷がいくつもうずき始めやがった」

「侯爵、お願いですから、愚痴はそのくらいに」とドーブレの長男が小声で言う。

喉元まで出た罵り言葉を侯爵が飲み込むと、静寂が戻る。とうとう、ケレスティヌス修道会の小さな礼拝堂の鐘がもの悲しげに十時を告げた。陰気な鐘の音が霧を震わせて消えていく。

「今夜は出て来ないのではないか」ドーブレ氏がしびれを切らして言う。

ところが、ちょうどそのとき、庭の小門がそっと半開きになった。女が一人、首を伸ばして周囲をうかがう。闇に語りかけ、その深奥まで見透かそうとするかのようだ。闇の中に危険が潜んでいるとでも思ったのだろうか。

「来ました、父上」と、ドーブレ兄弟の若いほうがつぶやく。

「何と、本当に！」侯爵が言う。

まさに侯爵夫人その人だった。通りの静けさに安心して出発を決めたと見える。半開きの扉からそっとすり抜けて背後で扉を閉める。巨大な錠前に鍵を差し、音を立てないよう精いっぱい気を遣っているのが見てとれる。

行く手の道を見て、一瞬ためらったようだが、すぐに歩き出し、グレーヴ広場へ続く小路を足早に進む。

霧の中、四人は彼女の姿を見失いそうになった。

「後をつけるんだ」民事代官が息子たちに命じる。「一人よりも二人のほうが、気づかれても怪しまれない。侯爵と私は後ろをついていく」

兄弟は素早く姉の後を追う。

「いやはや！」ドーブレ氏がブランヴィリエ侯爵に悲しげに声をかける。

「まさに。びっくり仰天しております」侯爵が答える。

侯爵夫人の果敢なこと！　あれほど臆病で怖がりの女性が、治安の悪い当時、こんな時間にたった一人でわざわざ危険な通りを歩くなど論外で、あまりに慎みを欠く行動でもある。

「外出するときは従者をつけるよう教えなかったのかね？」民事代官が皮肉っぽく言う。

「もちろん、そう言いましたとも！」侯爵は真顔で答える。「それに、馬車を使うほうが楽だし、彼女と私の身分にふさわしいでしょうに」

民事代官は怒りを抑えきれなかったが、口論している場合ではないと気づき、喉元まで出かかった非難の言葉を面と向かって侯爵にぶつけはしなかった。かくして、父と夫は黙りこくったまま、侯爵夫人の後をつける二人の若者を見失わないよう歩みを続けた。

夫人のほうは、足早に迷いなく歩を進めている。家々の影に自分の影を紛れさせようと家並に沿って急ぎ、たまさか遠くに明かりが見えると、躊躇なく遠回りしたり、通りの反対側に渡ったりする。明かりは信心深いブルジョワが聖像の前にともしたもので、そのか弱く揺らめく光が彼女の姿を照らし出しかねないからだ。

大きな水溜りも道路の穴もものともせず、夫人は歩いていく。だが、そうした水溜りのせいで雨天のパリは巨大な汚水溜と化しており、歩こうとするのはすでに衣服が汚れている者だけである。

グレーヴ広場に着くと、夫人は立ち止まって警邏隊《けいらたい》をやり過ごした。

これでは夜警と泥棒のどちらを恐れているのか、わからない。それから、夫人はやはり家並に身を寄せて広場を回り、ルーヴル宮殿のほうへ、市庁舎周辺の狭く歩きにくい迷路のような路地を進む。

そうやってサン＝ジェルマン＝ローセロワ教会まで来た。どうやらこの教会を目印にし、ここまで来てようやく道がわかったらしい。ビロードの仮面を着け直し、風で外れたマントのフードで顔を覆って、急いで道を引き返し始めた。

民事代官と息子たちはこの急な方向転換を予期していたらしく、三人して身を寄せ合い、侯爵を後に従えて、古い教会の二本の柱の間に身を隠している。侯爵夫人はほんの三歩ほど離れた所を通り過ぎたが、彼らの存在には気づかなかった。

夫人はラルブル＝セック通りへ入っていく。四人の男たちは隠れ場所から出て後を追い、彼女が怪しげな店へ入っていくのをどうにか見届けた。店の上に掲げられた看板が揺れて、不吉に軋んだ音を立てている。看板に描かれているのは顔が黒く白いターバンを巻いたムーア人で、巨大なラッパを力いっぱい吹いている。〈ラッパを吹くムーア人亭〉の有名な看板だ。

ドーブレ氏と息子たちも侯爵も、申し合わせたようにこの安キャバレーの汚れた窓に顔をつけて覗き込む。恭しく出迎えた主人から侯爵夫人が鍵を受け取り、店の人間にもしきたりにもなじんだ様子で階段をずんずん上っていくのが見えた。

「恥知らずめ！」民事代官が苦々しく吐き捨てると、声を低めてつけ加える。

「わが娘がこのような安酒場に出入りするとは！」

「慎みも何もあったものじゃない」と弟の一人も言う。「父上、中で飲んでいる男たちをご覧ください。今入ってきた女がわれわれの姉、ブランヴィリエ侯爵夫人だとは誰一人、夢にも思わないでしょう」

そのとき、二人の酔っ払いが歌いながら店から出てきて、彼らを押しのけた。

「怪しからん酒場だ！」ドーブレ氏がまたぼやく。

「おや！　それはあんまりです」侯爵が言い返す。「見てくれはよくありませんが、なかなかいい店だと請け合いますよ」

「来たことがあるのか？」ドーブレ氏が尋ねる。

「ありますとも！　友人のプノティエと、数えきれないくらいここで食事しました。プノティエはラングドック州財務官で、私とは親しく、実に立派な人物であります」

「それでは、個室の配置もご存じですかな、侯爵？」

「知り尽くしております。いやはや！　二階は、一階とは大違いでして。わが館にも引けをとらない豪華な調度の個室がいくつもありますし、この〈ラッパを吹くムーア人亭〉の主ユゴネの料理はなか

ない。

　ここで民事代官が口を挟まなければ、侯爵はこの店にまつわる思い出話を長々と続けていたに違いなか馬鹿にできません」

「さて！　これで信じる気になったかな？」

「何をです？」

「その……奥方の不貞をだ」

「私が？　とんでもない！　家内はこの上なく信心深い女です。慈善を施すためにここへ来たかもしれないじゃありませんか？　それに、かなり迷信深い女でもあります。占い師に何か相談しに来たのかもしれません。この頃は占いが大流行りで、ご婦人方の興味の的はもはやモンテスパン（ルイ十四世の寵姫）ふうのドレスではなく、もっぱら占いだとか。ともかく、サント＝クロワ騎士がこの店にいるという証拠はありません」

「それは、これからわかります」ドーブレ兄弟の若いほうが言い、合図の口笛を吹く。

　すぐに、一同から三歩と離れていない入り口の反対側から男がやって来た。壁にぴたりと寄っていたため、それまで誰も彼の姿に気づかなかったのだ。

「デグレ」民事代官が押し殺した声で尋ねる。「サント＝クロワ殿は来たか？」

「まだです。でも、間もなく来ます。〈ラ・ヴィエンヌ浴場〉で食事しているはずですが、従者のラ・ショッセがさっき呼びに行きましたから。あ、聞こえるでしょう、きっとあれだ……」

　なるほど、通りの向こうから馬の蹄の音がする。

「騎士殿です」デグレが断言する。警察官という人種は、こうした素晴らしい勘を当時から今日まで連絡と伝えているのだ。「動かないほうがよさそうです。ここにいれば、気づかれませんから」

一同は身じろぎ一つせずに待った。霧のおかげで周囲の景色に紛れ、サント＝クロワ騎士――たしかに彼だった――は彼らがそこにいるとは夢にも思わない。

騎士は従者を従えて酒場へ入っていき、主人に何か言うと、階段へ消えた。十分ほど前に侯爵夫人が上っていった、同じ階段である。従者のラ・ショッセはテーブルに着く。目の前には、長い待ち時間に備えて大ぶりな酒瓶が置かれている。

民事代官は裁判官のような口ぶりで侯爵に尋ねる。今夜、こうした口調で話すのは三度目だ。

「さて、侯爵殿、これで信じる気になったかな？」

「たしかに」と侯爵が答える。「嫉妬深い夫なら、いささか疑いを抱くところですね」

「ほう！　それで、どうなさるおつもりか、ブランヴィリエ侯爵殿？」

「お察しのとおり、戸惑うばかりです。貴族たるもの、こうしたもめ事には決闘で決着をつけるのが相場ですが……」

「決闘ですと？　間男ふぜいを相手にするなど、もってのほかでしょう」

「それなら、どうすればいいか、代わりに考えてください。このような場合、国王陛下が署名した勅命拘引状を持ち出す夫もいるそうですが、そんな手段には嫌悪を催しますし、そもそも令状は持ち合わせていないのです」

「私は持っていますぞ、侯爵。それに、そこにいるデグレは、私が国王陛下その方に進言した命令を執行するために待機しているのです」

「まさか！　ということは……」

答える代わりに、治安を監督する代官はデグレのほうを向いて尋ねた。

「手筈はすべて整っておるな？」

「抜かりはございません。巡査たちはけっしてサント＝クロワ騎士を見逃しません。拝命してからまだ日が浅い私ではありますが、あらゆる事態を想定して準備しました。代官殿の家門のお役に立てるなんて、これほどの名誉がありましょうか。もしも二時間以内に、殿が名指しされた男がバスティーユの城壁に囲まれ、牢獄に閉じ込められていなければ、わが恥であります」

「それで、さしあたり何を？」

「巡査が馬車を呼びに行きました」

「それはご丁寧に。哀れな騎士は泣いて喜ぶだろう」侯爵が声を上げる。「ところで、私はここにいる必要がありますかな？」

「何と！　侯爵、一人で帰られるのですか？」民事代官が尋ねる。

「実は、逮捕の現場を目撃するのが辛いのです。信じていただけないでしょうが、私はサント＝クロワの身の上を案じております。おっしゃるとおり、仮に彼が私に対して過ちを犯しているとしても、長年の友情を頼みにされれば、彼のためにも剣をとり、彼を逮捕しようとする者に飛びかかって追い払うことを、神もお許しになるでしょう」

「それならば、お帰りになるがよい、侯爵。貴君に対する侮辱に私が報復しよう」

ブランヴィリエ侯爵は数歩進んでから振り返り、義父にこう叫んだ。

「何はともあれ、私がこの馬鹿げた捕物に一切関わっていないことを、サント＝クロワにしかと伝えてくださいますよう、お願いいたします」

第三章　〈ラッパを吹くムーア人亭〉

ブランヴィリエ侯爵が〈ラッパを吹くムーア人亭〉の二階に並ぶ個室の豪華さについて語ったことは、嘘ではなかった。

亭主のユゴネは時代の要請をよく心得て、店の二階に最上の洗練と贅を惜しげなく詰め込んだ。一階を客筋の悪い下品なキャバレーのままにしてあるのは、いかがわしくみすぼらしい外観のほうが二階の客にとって安全だからだ。客の大貴族や貴婦人は、絶対安全な恋の隠れ家を求めてここへやって来る。

余談だが、界隈の商人たちは、経験豊富な亭主が辣腕を振るうこの店の商売を蔑みながらも、莫大な利益を想像しては羨まずにはいられなかった。

たしかに、一階の酒場に入っただけでは、どれほど注意深く観察しても、上階の秘密を見抜くことはできないだろう。

天井の梁は黒ずんで湿り、壁は染みだらけ。がたつくテーブルは汚れていて、床は道路と変わらないくらい水浸しだ。そして、奥に見える階段の下部はいびつで不揃いな木材で造られ、みすぼらしい屋根裏部屋に続くとしか思えない。

ところが、十段目からはがらりと様相が変わる。三重扉が境目になっている。扉の表面はふっくらした布張りで、念入りに詰め物がしてある。

この扉を押すと、めくるめく世界が目の前に展けるのだ。

手すりは高級な木材で、階段は厚い絨毯で覆われ、壁には垂れ布がしなやかなドレープを寄せて掛けられている。

さて、先述のとおり、侯爵夫人はその階段を足早に上り、狭い廊下の先の小さな隠し扉を開いて中へ滑り込んだ。豪華な室内は亭主ユゴネの手で、彼女のために入念に整えられている。香りつき蠟燭が枝付き大燭台にゆらめき、暖炉では大きな炎が勢いよく燃えており、部屋の片隅には紫檀の小卓にしゃれた軽食が用意されている。

扉を入念に閉めると、若妻はマントを脱ぎ、ビロードの仮面を外し、泥で汚れ雨に濡れた服を脱ぎ捨てて、化粧室に用意されてあったこの上なく優美なネグリジェを素早くまとう。

そして、ようやく一息つく。人心地がついたようである。

大ぶりな肘掛け椅子を暖炉の傍へ引き寄せ、けだるそうに身を横たえると、美しいビロードのスリッパを履いた可愛らしい両足を差し出して、燃える炎の心地よい暖かさを味わう。

侯爵夫人マリー＝マドレーヌ・ド・ブランヴィリエはその頃、美しさの絶頂にあった。小柄だがすらりとした肢体は見事に均整がとれ、楕円形の端正な顔はあどけない美しさをたたえている。かの名高い画家、ニコラ・ド・ラルジリエールが描いた王妃たちの可憐な肖像を思わせる。

静かで深い青色の瞳は愛らしさと優しさに満ち、時に甘い憂いを秘めた眼差しを泳がせる。少し冷ややかな印象を与える深紅の唇の間には、二連の真珠のような歯が輝く。

その完璧に整った顔は、いかなる恐れにも、感情の波にも乱されることがない。

それが侯爵夫人の持つ並外れた強みで、底知れぬ不安も、魂を締めつけるような強い感情も、けっして表情に出ないのだった。

のちの陰惨を極めた事件、おぞましい犯罪においても、彼女はつねに、裁判官の前や拷問室の中でさえ、無感情な冷笑をけっして崩さなかった。この女性が顔をしかめたり赤らめたりしたところを見た者は一人もいない。

さながら精緻を極めた彫像、南極海の氷塊から彫り出した傑作であった。ギリシア神話のピュグマリオン王が彫り、命の輝きを与えられる前のガラテイア像とも言えた……。


かれこれ十五分ほど前から、ブランヴィリエ侯爵夫人はマントルピースの一角でうとうとしていたが、窓と窓の間に置かれた大時計が時を告げる音で跳び起き、つぶやいた。

「まだ見えないのね。お待たせしたかと心配したのに！」

立ち上がり、じれったそうに室内を歩く。

「何かあったのかしら？」

ちょうどそのとき扉が開き、サント＝クロワの笑顔が戸口に見えた。

「やっとご到着ね！」侯爵夫人が声を上げ、指先で時計を示してみせる。十時半だ。

「ええ、わかっています。どうかお許しください」

そして、夫人の足元に膝をつき、差し出された美しい両手に接吻の雨を降らせた。

「それでも」と、立ち上がりながら騎士が言う。「なにしろ、かなりの代償を支払ってきたのですよ。ここへ急ぐために、山のような金貨をアニヴェル殿のポケットに入るままにしてまいりました」

「まだ賭けがやめられませんの、騎士どの？」

「そうなのです」サント＝クロワが優しく答える。「だって、貴女の美しい瞳から離れている間、いったい何をしろとおっしゃるのです？　そう、賭けくらいしか、することがありません。でも、愛しいひと、つまらぬ話はやめましょう。貴い時間、私たちの愛のことだけ考えるべきです」

「ああ！」侯爵夫人がため息を漏らす。「こうして夜毎ご一緒に過ごす時間だけが私の喜びなのに、もうすぐ奪われてしまうかもしれませんわ！」

「どういうことです、マドレーヌ？」

「はっきりはわかりませんけれど、何となく胸騒ぎがしますの。大きな危険が忍び寄ってくる気がして……。ドルー・ドーブレ氏が……」

「何だって！　また貴女の父上ですか！」騎士が声を荒らげる。「おお！　父上は用心なさったほうがいい。あの方のせいで生涯最大の不幸に見舞われたことを、私は忘れていません。そう、貴女の館から追い出され、恥をかかされたことを」

「私にとっては父ですわ、騎士どの」

「ええ、マドレーヌ。ともあれ、愛しています。貴女も私を愛している。貴女のためなら私の血の最後の一滴まで、喜んで差し出しましょう。ですから、私は貴女に対して、父上よりも神聖な権利を持っている……。おお！　もう一度言います、父上は用心なさったほうがいい！」

そう言いながらサント＝クロワは立ち上がる。あたかも宿敵が目の前にいるかのように、唇は怒りに震え、目はぎらぎらと輝き、両手を握りしめる。

侯爵夫人は穏やかに微笑み、愛おしげに彼を見つめる。彼女を失うことを考えただけでこれほど怒りに燃えるのは、とりもなおさず、愛の証ではないか？

「騎士どの、落ち着いてくださいな。まだ危険が迫っているわけではありませんわ」

「それなら、どうしてわざわざそんなことを言うのです、愛しいマドレーヌ？　貴女を失うかもしれないと考えただけで、私が冷静でいられましょうか？　もう会えなくなるなんて！　そう考えただけでわれを忘れてしまいそうだ。だって、それこそ最悪の不幸せ……そう、死ぬより辛い……」

「さあ、そんな不吉な考えはお捨てになって。それより私たちの子供の消息は？　何かわかって？」

サント＝クロワは答えない。

「まさか！　まだ何もわかりませんの？」

「ええ、何も！」

「それなのに、私と離れていると時間が経つのが死ぬほどのろく感じるとか、毎日、寂しくて張り合いがないなどとおっしゃるのね！　私たちには、この世のどこかに子供が、息子がいるというのに、貴方は母親にその子がどうなったか、教えることもできないなんて。死んだ子を思って泣けばいいのか、生きている子を思って泣けばいいのか、わかりませんわ！　ああ！　私が男だったら！」

「マドレーヌ、お願いだ、責めないでください。人としてできることはすべてやり尽くしたではありませんか」

「すべて！　すべてやってみたとおっしゃるの！　もし私が自由の身だったら、どうするかおわかりになる？　町から町へ、村から村へ、捜しに行くわ。扉という扉を叩き、家という家に入っていき、母親という母親に尋ねて、あの子の居所を見つけ、あの子をこの胸に抱きしめるか、それともあの子のお墓を見つけてそこへ泣きに行くか……」

「ずいぶんと私を苦しめるのですね、マドレーヌ！　私が何か悪いことをしたでしょうか？」

「あら！　貴方はあの子が可愛くないのだわ、生まれたことを恥じているのね！　あの子が今頃どうしているか、考えることはありませんの？　親もなく、友もなく、財産もなく、きっとたった独りで苦労しているのではないかしら、世間の冷たい目にさらされて。そう思うと本当に辛いわ……」

「ええ、実に辛い！」サント＝クロワは苦々しく言う。「あの子の人生は、私の人生そのもののようだ。この世に友は貴女しかなく、その貴女は私を捨てようとしている。貴女は私の人生のすべて、幸福のすべてだというのに。血も涙もない敵よりも残酷だ」

そう言うと、騎士は両手に顔を埋め、肘掛け椅子に倒れ込む。泣いているのだ。軍人で、賭博師で、歴戦の勇士である男が！

自分のせいで恋人が流す涙を見て、侯爵夫人は彼の首に抱きついた。

「ごめんなさい！　許して！」と言い、美しい顔を彼の肩に寄せる。「おっしゃるとおり、私は残酷で、正しくも優しくもなかったわ。どうぞふさわしい罰を与えてくださいな。もう私を愛さないと言われても仕方がありませんわ。不幸せなあまり、貴方を悲しませてしまいましたから」

サント＝クロワの整った顔が、喜びの微笑、陽光のごとく神々しい愛の光で輝く。侯爵夫人を抱き寄せ、腕に力が込もる。

「君をもう愛さないなんて、もう愛さないなんて！」と恋人の耳にささやく。「そんなことができるだろうか？　二人を引き裂くことが誰にできる？　若く、愛し合っている二人には未来がある。未来とは、つまり幸せのことさ」

そのとき、階下の酒場の扉を乱暴に叩く音が、ラルブル＝セック通りの静寂を破った。

侯爵夫人はサント＝クロワの腕から抜け出し、窓に駆け寄る。

「国王陛下の名において、ここを開けろ」その声は通りから聞こえた。

扉が何度も叩かれ、ガタガタと音が響く。

「まずい！　誰を捕まえにきたんだろう？」サント＝クロワが叫ぶ。

「シッ！　ほら、聞いて」侯爵夫人が恋人の口を手で塞ぐ。

たしかに、〈ラッパを吹くムーア人亭〉の主人の声がする。小窓を開けて外の男たちと交渉しているのだ。

「どちら様で？」亭主が尋ねる。

「国王陛下の名において、開けろ」と答える声。

「あ！」と亭主ユゴネの声がする。「見た顔だな。でも、その手には乗るもんか。もう酔っぱらっているのに、まだ飲み足りなくて来たんだろう。だが、こんな時間に、酒はもうないよ。家に帰って寝るこった。おやすみ！」

「怪しからん親父だ！　開けないか！」外からの声が、繰り返す。

「国王陛下の名において、開けるんだ」別の声がまた言う。「ぐずぐずしていると、高いつけを払うことになるぞ」

「仕方がない」ユゴネは降参して言った。「今かんぬきを外しに行くから、ちょっとお待ちを。だが、もし騙すつもりなら、守護聖人の聖ルー様の名にかけて、夜警を呼びますぞ……。それじゃ、しばしお待ちください。ここは真っ当な店だから、ドアを壊したりしないでくださいよ」

こんな短いやりとりの間も、二人の恋人たちは生きた心地がしない。

サント＝クロワは怒りに駆られ、囚われの虎よろしくサロンの中をぐるぐると歩き回る。出口を探しているようでもあり、目力で壁に穴をあけて逃げ道を造ろうとしているようでもある。

侯爵夫人のほうは、窓際に立っていた。額をガラスにつけて、酒場に押し掛けた男たちを見ようとしている。

そのとき、亭主ユゴネがラ・ショッセを従え、怯えきった顔をして、二人のいる部屋の戸口に現れた。

「騎士殿、国王陛下の家来が下に来ています。どうしましょう？」

「命にかけても、開けてはならぬ！」サント＝クロワは叫ぶ。

「あいつらは扉を破って来ます」ラ・ショッセが言い返す。

「恐ろしいことになりました」ユゴネが言う。「ああ！　うちのような真っ当な店にとって、とんでもない醜聞です」

「いかにも」ラ・ショッセがうめく。「あいつらは騎士殿を捜しに来たのです」

「何だって！」サント＝クロワが声を上げる。「おい、ユゴネ、他に逃げられる出口はないのか？」

「残念ながら、ございません」ユゴネが申し訳なさそうに答える。

扉を叩く音は止まない。

「行って扉を開けます。私がとんでもない目に遭いかねませんから」ユゴネはそう言って、立ち去ろうとした。

「どうぞ。私たちにはお構いなく」と侯爵夫人が言う。

ユゴネはラ・ショッセを従えて部屋を出た。階下ではまだ扉を叩く音がしている。

「開けないと、このいかがわしい酒場の扉を破るぞ」という声もする。

その声を聞いて、侯爵夫人は凍りついた。

「聞こえたでしょう?」夫人がサント＝クロワに言う。

「守りを固めるんだ」

騎士は答えるが早いか、室内の家具を全部扉のほうへ押し、次々と積み重ねた。

「無駄だわ。今聞こえたのは、父の声です。もうおしまいよ」

「いや、まだ何とかなる」サント＝クロワは怒りにわれを忘れている。

「おしまいだわ」侯爵夫人のほうは、恐ろしいほどの冷静さで繰り返す。「おしまいなのよ! 恥、不名誉、修道院行きということ! 私たち、別れるしかないのよ。おお、愛しいひと! 別れるなんて、死ぬのと同じだわ!」

「ああ! 畜生!」サント＝クロワがうめく。「誰も守ってくれない。誰も助けてくれない!」

「そんなことはありません、騎士殿。私がいますよ」その声は、壁の中から発せられたようだった。サント＝クロワも侯爵夫人も、ぎょっとして振り向いた。

壁に張った板が一枚、くるりと反転し、秘密の出入り口が現れた。そこに立っているのはレーシュ・ド・プノティエだ。

「このろくでなしめ!」サント＝クロワが叫ぶ。「お前が仕組んだのか!」

怒りに目が眩んだ騎士は、稲妻よりも素早く剣を抜き、教会の財務官に向かって突進した。

プノティエはさっと後ずさりして難を逃れる。

「困った人だ!」プノティエは落ち着き払って言った。「まったく手が早いですな、騎士殿」

「どうやってここへ？」侯爵夫人が尋ねる。

「それは申し上げられません。けれども、貴女のためです。侯爵夫人をお助けするためにやってまいりました」

「そんなことができるのですか！」サント＝クロワが驚いて叫ぶ。

答える代わりに、プノティエは壁板に寄り、若き侯爵夫人に手を差し伸べた。

「ここをお通りください、侯爵夫人」その口調は、あたかも舞踏会の最中のように恭しく落ち着いている。

「でも、あの方が」侯爵夫人がサント＝クロワ騎士を指さして言う。

「私たちが逃げおおせるまで、騎士殿には時間を稼いでもらいます」

「まあ！　それでは騎士どのが大変な目に遭うでしょうに」

「最悪の場合、逮捕されますすな」とプノティエが言う。

「逮捕！」夫人は震えながらおうむ返しにする。

「私のことは心配いりません、マドレーヌ。逃げ道が貴女に向かって開いているのだ。お行きなさい。さあ、行くのです！」

「騎士殿の言うとおりです」と財務官も口添えする。「時間がありません、さあ、侯爵夫人」

若き侯爵夫人は恋人の首にかじりついた。

「でも、貴方がどうなるか、心配……」

「このハンカチを、ラ・ショッセから貴女に届けさせます。結び目が一つだったら、私はバスティーユ監獄にいる。二つなら、パリから脱出。三つなら、フランスから脱出しているでしょう」

「とにかく逃げましょう！　階下から人が上がってくる……」プノティエが急かす。

彼は夫人を恋人の腕から引き離し、秘密の出口へと運んだ。

壁板が反転し、出入り口は再び跡形もなくなる。

もはや猶予はない。誰かが扉にぶつかった。

サント＝クロワは命令が繰り返されるまで待たなかった。マントに身を包み、フェルトの帽子を目深に下げて、鞘に収まった剣がいつでも抜けることを確かめると、真っ直ぐに戸口へ向かい、扉を開ける。

顔を突き合わせたのは、デグレだった。

部下の警官が四人、後に続く。廊下の奥の暗がりには民事代官と息子たちが一団となって控えている。

そして、階段の上部では二人の巡査がラ・ショッセを見張っている。

先制攻撃したのはサント＝クロワだった。

「何の用ですか？」高飛車で有無を言わせぬ口調で、デグレに詰問する。

「まずは」デグレはまったく臆せずに応じる。「こちらの質問にお答えください」

「いいでしょう」騎士は明らかに、やっとのことで自分を抑え、冷静さを保っている。

「貴方はゴーダン・ド・サント＝クロワ騎士ですね？」

「はい、そうです」

「トラシー騎兵隊大尉の？」

「はい」

「それでは、中に入らせてもらいます。この部屋にいる人に用がありますから」

騎士は肩をすくめた。

「何かの間違いでしょう。中には誰もいませんよ」

「嘘だ」廊下から声がする。

ドルー・ドーブレ氏の声だ。

「嘘だ」と初老の男は繰り返す。「姑息な手を使っても、共犯者を助けることはできんぞ。さあ、各々方《おのおのがた》、中へ入って任務を果たしたまえ」

サント＝クロワは憎悪に燃える目で、民事代官と二人の息子を射すように見た。

「あそこに隠れている人がなぜ私を嘘つき呼ばわりするのか、さっぱりわからないが」サント＝クロワが、見事に冷静を装って言った。「こんな場合と場所でなければ、あれほど礼を失したことを言う御仁には目に物見せずにはおかない。だが、国王陛下の命令とあらば、従おう。令状をお持ちだとか？」

「これです、騎士殿」デグレが羊皮紙を見せる。

サント＝クロワは戸口を塞いだまま、その令状にくまなく目を通す。

「何をぐずぐずしておる？」民事代官が叫ぶ。「中へ入るんだ、さあ」

サント＝クロワは、侯爵夫人とプノティエがもう難を逃れた頃だと見当をつけた。万一、警察が秘密の通路を見つけて押し入っても、危険はないだろう。そこで、数歩後ずさりし、警官たちに皮肉を込めて言った。

「言われたとおりにするがいい。さあ、どうぞ」

デグレが先頭に立って室内へ躍り込む。デグレと部下たちはあっという間に室内を隅から隅まで捜索し、検分し、嗅ぎ回った。

「逃げられた」司令官が声を張り上げる。「だが、ここにいたのは絶対に間違いない。ほら、忘れ物がある！」

そう言うと、デグレは蔑みをあらわにしながら、後に続いて部屋に飛び込んで来た民事代官と二人の息子たちにびしょ濡れのマントとドレスを見せた。侯爵夫人が化粧室に脱ぎ捨てたものだ。

「逃がすものか」ドーブレ氏が叫ぶ。「この店には出口が一つしかないはずだ」

「とんでもない！」デグレが言い返す。「一階は居酒屋で二階は閨房、二つの顔で人の目を欺くこんな店には、どんな仕掛けがあるかわかったものじゃありません。落とし穴、秘密の通路、何でもござれです！」

「では、くまなく捜せ。壁の中まで探り、どんな物陰も見逃すな」

「無駄ですよ。私の目はごまかせない。もう逃げおおせたのです」

「だが、こいつがまだ残っている」ドーブレ氏がサント＝クロワを指して言う。

「くそ！　もう安全だと高をくくっているのか。そうはいかないぞ。こっちには奥の手がある」

そんな騒ぎを尻目に、サント＝クロワは暖炉棚に肘をついてじっとしている。

民事代官は騎士のほうを向いた。

「片をつけよう」

直ちにデグレが騎兵隊大尉に近づき、肩に手を置く。

「国王陛下の名において、逮捕する。ついてきなさい」

「行きましょう」サント＝クロワは平然と答える。

二人の巡査の後に続き、階段を下りた。

入り口まで来ると、店の前に馬車が一台停まっている。

「どこへ連れて行かれるのか、教えてもらえますか？」

「バスティーユだ」民事代官が答える。

サント＝クロワは言葉もなく頭を垂れる。巡査が彼の前に出て馬車の扉を開ける間に、騎士はハンカチに結び目を一つ作った。後ずさりしてラ・ショッセと肩を並べると、デグレの部下二人に挟まれて立ったまま、どうにかラ・ショッセにハンカチを渡し、一言だけ言った。

「侯爵夫人に」

「さあ、乗るんだ」民事代官が急かす。「だいぶ時間を無駄にしてしまった」

「畜生！」サント＝クロワはうめいた。この一時間ほどの間、心に積もり積もった怒りが爆発する。

「あまりじゃありませんか、民事代官殿！」

言うや否や、抗いがたい力で取り囲む警察官を押しのけ、剣を抜く。警官たちは剣を没収しそびれていたのだ。

「貴様らを成敗してやる」とドーブレ氏の息子たちに言う。「卑怯者め。貴族と称して剣を忘れ、勅命拘引状と警察の手先を利用してご婦人の名誉を守ろうとする腰抜けどもめ」

そして、人間の声よりも野獣の咆哮に近い声と共に、怒りに任せ、身を屈めて二人の若者のほうへ突進する。

しかし、すでに態勢を立て直していたデグレの部下たちがサント＝クロワに飛びかかり、取り押さえて剣を動かせないようにした。

「降参だ」騎士は剣を取り落としながら言った。

押し込まれた馬車に、デグレと二人の巡査が同乗する。

ドーブレ氏が自ら馬車の扉を閉め、後ずさりしながら御者に出発の合図をすると同時に、不吉な命令を下す。

「バスティーユへ！」

＊＊＊

あらわになった秘密の階段を、ブランヴィリエ侯爵夫人と突如現れた救世主が急いで駆け下りると、目の前に馬車が停まっていた。そこはラルブル＝セック通りに並行する小路で、〈ラッパを吹くムーア人亭〉には、当時の逢い引き用の宿の大半と同様、非常用の裏口があったのだ。

プノティエの馬車に乗った二人は、ほどなくリオン＝サン＝ポール通りへ向かった。

侯爵夫人の顔には、くぐり抜けてきた危機をうかがわせる痕跡は何も残っていない。

若い女は、一見、平然としているようだった。

けれども、その心は底知れぬ不安にむしばまれ、かき乱されていた。

サント＝クロワの身にどんなことが降りかかるのか。

愛人の父と弟たちに剣を突きつけられて、勝ち目のない闘いに屈するしかないのか？　牢獄の扉は彼の前に永遠に閉ざされたままなのか？

ブランヴィリエ侯爵夫人は、あの獣じみた、抑えきれない情熱をこの恋人から教わった。そして、いわゆる不倫の関係に罪深い喜びを感じ、欲望を存分に満たすことのみを金科玉条とするに至ったのだ。

サント＝クロワのためにすべてを犠牲にし、すべてを捨て、すべてを打ち壊してきた。彼を自分のものにしておくためなら、どんなことにも、おぞましい大罪にすら、少しの躊躇も感じなかった。そして、この煩わしい監視の目をどうやって振り払うか、家門の名誉を気にしすぎる父親が自由な恋愛を禁じるために課する束縛からどうすれば解放されるかを、もう考え始めていた。

それでも、世界の犯罪史上にあまりに大きな足跡を残したとされるこの女性は、強靭な性格ゆえに、このときすでに不敵な冷静さを装う術を知っており、それを断末魔に至るまで保ち続けたのだ。

そのため、プノティエに語りかける声も落ち着いていた。プノティエのほうは、夫人の物思いを乱さぬような振りをしながら、けっして警戒を解かない。

「あの、よろしければ、教えていただけませんか？　これからどこへ向かおうとしていらっしゃるのか、そして、あのような危ない場面で助けてくださった貴方がどなたなのか？」

「私は騎士殿の友で、奥様の友人になれることをこの上ない名誉とする者、ラングドック州財務官レーシュ・ド・プノティエと申します。奥様を侯爵邸へお送りするよう、御者に命じてあります。ただ、途中、少し回り道をしたほうがよろしいかと存じます。厄介な相手に出くわさないとも限りませんから」

「それに、もう少しうかがいたいこともございますの」侯爵夫人は愛想よく続ける。「どのようにして、まるで奇跡のようにお見えになって私どもを助けてくださったのですか？」

「先ほどの冒険が成功したのはまったくの偶然と言えば、話は簡単でしょう。しかし、偶然に頼るのは愚か者だけだと私は考えます。日頃から、偶然を当てにしないようにしているのです。そのうえ、率直に申し上げますが、奥様がご存じなかったあの隠し階段にいたのは、気まぐれからではございません。何が起こるか、見当がついていたからです」

「何ですって！　ご存じでしたの？　でも、それでは誰が……」

「それは、奥様」プノティエは夫人のほうへ身を屈めて答えた。「私は教会に伝《つて》もございますから、何か知りたいという意向があれば……」

「というと？」

「たいていのことはわかります。秘密というものはいわば商品で、当然ながら、買ってくれる人を求めます」

侯爵夫人は財務官の顔をじっと見た。

「それで、私どもの秘密を買い取りたいと？」

プノティエはそうですと言う代わりに恭しく会釈した。

「大切な友人である騎士のことはすべて、私にとってきわめて重大です。奥様、彼ほどの武勲を立てた人間が、明日をも知れぬ不遇な状況で、人知れず細々と命をつなぐのを見るのは忍びないのです。彼は誰からも好かれ、必ずや人の上に立つ男です。サント＝クロワ騎士は私に何も尋ねませんでした。私も彼に対して何もできないまま、あの場を去りました。貴女もお気づきになったでしょうが、彼にとってはいささか不本意ながら、彼の与《あずか》り知らないところで、私は貴女を助けるという幸せに恵まれました。とはいえ、私は騎士殿に引き立てていただくことをずっと夢見ていたのです」

「見返りとして、何が欲しいのです？」侯爵夫人が問う。

「いえ、大したことではございません。奥様と、騎士と、私が、攻撃においても防御においても同盟を結ぶことです」

侯爵夫人は美しい両手を財務官に差し伸べる。

「そうしましょう」夫人は微笑みながら言う。「サント＝クロワ殿にも異存はないでしょう」

プノティエは若い夫人のほっそりした指に恭しく唇を当てる。

そのとき、馬車がブランヴィリエ邸の門前で停まった。男が一人、門の脇で待っている。

男はまだ息を弾ませ、長い道のりを歩いて来たのか、泥だらけだ。

侯爵夫人は彼に見覚えがあった。

「ラ・ショッセ！」夫人が叫ぶ。

従者は何も言わずにハンカチを差し出した。

ブランヴィリエ侯爵夫人はもどかしげにそれを広げる。

「サント＝クロワ殿はバスティーユなのですね！」

「ご安心ください、奥様。彼を助け出しましょう」とプノティエが言う。

侯爵夫人が馬車から下りると、目の前で門が開いた。

門の中へ入りながら、夫人が振り向く。

「あと一言、申し上げます」夫人がプノティエに言った。

財務官は馬車の窓から身を乗り出した。

「貴方はすべてご存じのようだから、お尋ねしますわ。私たちの隠れ家と逢い引きの秘密を父に売ったのは、誰なのです？」

「アニヴェル・ド・サン＝ロランという男です」プノティエが答える。

「ありがとう。その人を、その名を、けっして忘れませんわ」

第四章　バスティーユにて

パリ中の小教区で真夜中を告げる鐘が鳴った。バスティーユの第一跳ね橋の脇で、詰所の前に立つ歩哨が馬車に気づいた。サント＝クロワはこの馬車に押し込まれ、二人の巡査に脇を固められていた。歩哨に呼ばれた衛兵隊の下士官が、ランタンを持つ兵士に付き添われて出て来ると、デグレに近づく。

デグレと下士官が素早く言葉を交わし、馬車は城塞の中へ入っていく。

もう一人の兵士が副官を呼びに行くと、副官は半ば眠っているような様子で出て来て、腕を伸ばしながら、こんな真夜中に投獄される間抜けに対して悪態をつく。

王立の要塞バスティーユの長官、ベズモー・ド・モンルザンが関わるのは、重要な囚人だけだ。

サント＝クロワは馬車から下ろされ、書記課へ連行される。デグレが勅命拘引状を見せる。

「やれやれ！」副官が目を通しながら言う。「トラシー騎兵隊のしがない大尉か！　四級の囚人だ！ここは国王陛下の直轄で、身分の高い囚人で溢れかえっているのに」

「仕方ありません！」デグレが言う。「逮捕できる者は逮捕しますから」

副官は渋々ペンを執り、収監記録簿に記入する。

〈一六六五年十一月十五日深夜、ゴーダン・ド・サント＝クロワ氏は勅令と民事代官ドルー・ドー

ブレ氏の要請によりバスティーユに入獄す。サント＝クロワ氏の所持品は……〉

「所持金の金額は？」副官が囚人に尋ねる。

「二時間前までは数千ピストール。だが、今はこれだけだ」

騎士はそう言うと、机の上にルイ金貨十枚あまりを置く。

「貴金属・宝石は？」副官が続ける。

「指輪二個と懐中時計だ」

「預かります」

副官は決まりに従って書類の作成を続ける。

〈……ゴーダン・ド・サント＝クロワ氏の所持品は以上。氏は上記の年月日に入獄、署名す〉

サント＝クロワが署名している間、副官は独りごちる。

「この厄介者をどこへ収監しろと？　監房は満室。第一級の囚人用にとってある特別室に叩き上げの下っ端士官を入れるわけにはいかんし」

そして、看守を呼び、低い声で尋ねた。

「今、この新顔のお客さんが入れる空き部屋はあるかい？」

「いいえ、一つも」と看守が答える。

「それなら、相部屋で結構。先客も話し相手ができて喜ぶでしょう」

そう申し出たサント＝クロワに、看守がついて来るよう命じる。闇に包まれた階段、冷たく湿った廊下を数えきれないほど通った挙げ句看守が開けた扉は、錠前がこれでもかというほどつけられ、板の部分がもう見えないほどだ。

看守がサント＝クロワを中へ押し込むと、錠前の軋む音が続き、扉は再び閉ざされた。

サント＝クロワはしばし戸口にじっと立ち尽くした。どす黒い不安に襲われ、看守の重い足音に耳を傾ける。足音は遠ざかり、やがて消えた。

一撃をくらった人のように呆然とし、言い知れぬ不安が心を締めつける。

自分はこれからどうなるのだろう？　いつまで囚われの身でいるのだろう？　圧政が作り出したこの要塞の中で、髪が白くなっていく運命なのか？　青年として入った獄を老人となって出るのか、あるいは二度と出られないのか？　ダンテが描いた地獄の門と同じく、バスティーユの門にあっては、入っていく不運な者たちはあらゆる望みを捨てなくてはいけない。

音がすべて途絶え、自分が独りきりで他の生者から永遠に切り離されるかもしれないと感じたサント＝クロワは、牢内の様子を探ってみようと考えた。

導いてくれる光といえば、細長い窓から入る弱々しい月光だけだ。窓は床からほぼ二メートルのところに開けられ、頑丈な格子と錠が取りつけられている。

月光は片隅に置かれた粗末な寝床の全体に注がれているが、この独房の他の部分は完全な闇に沈んでいる。

サント＝クロワは酔った人のようによろめきながらその粗末な寝台へ向かい、倒れ込んだ。押し寄せる絶望が、嘆き声とすすり泣きとなって漏れる。

大きな悲劇に見舞われた後でよくあるように、不意に思い出が蘇り、これまでの全人生が一瞬、嘘のない鏡に映されたように脳裏をめぐった。

人生の幸せな思い出のすべてが記憶のなかに溢れ、現在の不幸がよけい痛烈に感じられる。

ついさっきまで侯爵夫人の傍らで過ごしていたその夜のことを、細大漏らさず思い出そうとする。銀の鈴を振るような声でささやく愛の言葉がまだ耳に残っている。今となっては、幸せな年月をどれだけ失ってしまったことか！

数々の思い出と共に激しく恐ろしい怒りがこみ上げてくる。野獣のように寝台にかじりつくと、人間のものとも思えない唸り声を漏らす。心が砕けたり、張り裂けたりした瞬間に発せられる、ただならぬ憤怒の声だ。

生きている自分を墓穴に突き落とし、喜びに満ちた自由な生活を奪った男たちを呪った。このような犯罪行為を目の当たりにしながら許している神を罵った。その挙げ句、神の助けを乞い、どんな力でもいいから与えてくださいと祈り、わずか一日、一時間でも、自由と復讐のための時間を与えてくださるのなら魂も命も捧げますと願った。

「お前を待っていた。望みはわかった」囚人のすぐそばで、聞き慣れない声がそう言った。

騎士は寝台の上に起き上がった。顔面蒼白で、目は怯え、恐怖のために髪が逆立っている。

窓の形に切り取られた丸い光の中に、男が立っている。ぼろぼろの黒いプールポアン（ウエスト丈の胴衣）を着ている。

ゆっくりと、進んでいるかどうかわからないほど緩慢な足取りで、男が寝台に近づく。顔色は悪く、体はやせこけている。伸びきった髪が肩にかかる。張り出した頬骨の周囲から無精髭が突き出ている。濃い眉の下の目が燐光のような光を放つ。青みがかった月光が、男のやつれた額を光輪のように包む。

奇妙な人影が突如現れたのを見て、騎士は思わず十字を切った。

この時代にはまだ火刑台がくすぶり、最後の魔法使いたちが悪魔を呼び出した咎《とが》で火あぶりにされていた。そうした魔法使いの名が壁に刻まれた独房が、バスティーユにはいくつもあった。人びとは悪魔を信じており、サント＝クロワ騎士も目の前に悪霊が現れたと思い込んだ。

人間か幽霊か定かではないその影は、相変わらず歩を進めてくる。サント＝クロワの毛根に冷たい汗が浮かび、歯は恐怖でガチガチと鳴る。

無意識のうちに、いつも身に着けている剣を手で探ろうとするが、武器はすでに取り上げられているのだ。

とうとう、奇妙な影が自分に触れようとしているのがわかった。

「悪魔め、俺をどうしようというのだ？」恐怖のために声を詰まらせながら、騎士が問う。

「おや、どんな力でもいいから与えてほしいと助けを乞うたのはお前のほうではなかったか？　お前が呼んだから、来てやった」

「そういうお前は、誰だ？」

「お若いの、お前が望むなら、復讐に手を貸そう」

「たしかに、それが俺の望みだ。復讐のためなら、わが血をすべて捧げるし、永遠に地獄に墜ちても構わない。それにしても、そんなことを言うのが何者なのか、知る必要がある」

「それなら、わしはお前と同じバスティーユの住人だ。獄友というわけだ。もう十年近く、この独房で過ぎゆく時を一時間ごとに数えて暮らしてきた。お前さんがほんの数分前にやって来たばかりの、この独房でな」

そう聞いて、サント＝クロワは力が抜けたようだった。ほっとして、先ほどまでの恐怖をほとんど恥じた反面、しばし胸を躍らせた無分別な望みは消え去った。

「それなら、復讐の話をして何になる？　自分の身さえ守れなかったお前が、俺のために何ができるというのだ？」

「せっかちなやつだな」見知らぬ男は言う。「わしに名乗る暇を与えもせずに」

「お前の名前など、知っても大して役に立たないだろう」

陰気な老人は薄笑いを浮かべる。

「そうかもしれんな。わしはエグジリ、イタリア人だ」

たとえサタン本人と取引しても、これほどの恐怖は感じないだろう。サント＝クロワは再び寝床に倒れ込んだ。地獄の幻影は消え失せ、もっと身の毛もよだつ現実が取って代わった。

なぜなら、エグジリはイタリアでもフランスでも悪名高かったからだ。その名が人殺し、毒と同義であることは誰でも知っている。もう四半世紀にわたり、ヨーロッパ中の宮廷に血文字で刻まれてきた名だ。

エグジリは毒手袋の考案者ルネ・ビアンコや、ヒ素入り化粧水で有名なジュリア・トファナの弟子であり、メディチ家とボルジア家に伝わる毒殺の秘術を受け継ぐ極悪な毒殺犯である。長きにわたる所業は、先達である冷酷非情な殺人者たちの大罪をも凌駕してきた。

エグジリは若かりし頃、フィレンツェで毒薬店を営んでいた。

相続までの年月が長過ぎるとか、侮辱に対しては卑怯で陰険な復讐で報いるべきだとか考える人びとが、エグジリの店を訪れた。そして、親族の死を、あるいは宿敵の死を購った。

やがて、エグジリはローマでドンナ・オリンピア（一五九四〜一六五七。教皇インノケンティウス十世の義姉で、自らの利益のために教皇を利用し、枢機卿数人を毒殺したとする説もある）に毒薬の知識を提供し、多年にわたり永遠の都に死と恐怖を広めた。冷酷非情な雇い主ドンナ・オリンピアの命令とあらば、手当たり次第に、見境なく、運命と同じくらい無慈悲に命を奪った。

そうして、名だたる貴族を少なくとも百五十人、亡きものにしたと噂された。人びとはエグジリの名を小声で口にするとき、十字を切ったものである。

毒殺者エグジリはお上の不興よりも世間の嫌悪によってイタリアを追われ、フランスに安住の地を求めたものの、その悪名はすでにフランスでも広まっていた。

フランスは、死の科学を利用する時間を彼に与えなかった。当局に追われる身となった彼はある日姿を消し、消息を絶った。

逮捕されてバスティーユに投獄され、おそらく終生ここから出られないのだ。

サント＝クロワはそうした経緯をすべて知っていたからこそ、エグジリの名を聞いて、改めて背筋が凍るのを感じた。

ドンナ・オリンピアの復讐の手先だった男がどんな恐ろしい武器を使うのか、わかりすぎるほどわかっていた。しかし、仇敵への憎悪がいかに強くとも、この時点ではまだ、大それた犯罪を直視できる心境には至らない。

寝台の上に起き上がった騎士は、怒り心頭に発していた。迫り来る危険を振り払うように両手を前に伸ばして叫ぶ。

「失せろ、悪魔め。失せろ」

「だが、復讐したいのだろう」エグジリが蔑むように言う。「情けない奴め！　そのうち悩むことにも飽きて、自由と、娑婆へ戻るための武器が欲しくなるだろうよ。そして、わしを頼り、助けてくれ、手を差し伸べてくれと泣きつくのさ」

「あり得ない！」騎士は身の毛もよだつ思いで反論する。「絶対に！」

エグジリは現れたときと同じく音もなく引っ込み、暗がりの中で寝台に戻った。取り残された若い騎士はさらに陰鬱な物思いにとらわれた。

翌日の朝、サント＝クロワは恐るべき同房者の存在を改めて認め、抗しきれない恐怖におののいた。騎士は牢番に部屋を変えてくれるよう懇願した。しかし、牢番が言うには、今のところバスティーユは満室だし、囚人のわがままをいちいち聞き入れる習わしはないとのことだった。

サント＝クロワは諦める他はなかった。

それに、この同房者に対する嫌悪はほどなく消えることになる。抜け目のない師匠は、騎士を弟子にふさわしいと認めたのだ。

善と悪、美徳と悪徳が入り交じる破滅的な性格のサント＝クロワはほどなく、悪霊が送り込んだこの奇妙な男を崇拝するようになる。

なぜ崇拝したかは、簡単に説明がつく。

エグジリは、突然の死をもたらすことのみを目的とする低俗な毒殺者ではなかった。

彼は卓越した才知に恵まれていた。造物主が与えた類い希な才を善のために用いていたら、人類に恩恵をもたらした偉人にきっと数えられ、その名は時代を代表する発見に結びついていただろう。

彼は思想家として、哲学者として、研究者として、あらゆるものを目にし、調べてきた。驚異的な記憶力により、あらゆる学問の膨大な知識を身につけており、サント＝クロワの絶え間ない質問に対し、答えられないことはついぞなかった。

とはいえ、エグジリは何よりも毒物の大家であった。

彼は殺人を一種の芸術に仕立て上げた。恐ろしい奥義の数々を知り、新たな奥義の発見を目指した。そのために休まずたゆまず研究と実験を重ねてきた。そして、ついに、死を揺るぎない明確な法則に従わせるに至った。その結果、もはや利益の追求ではなく、実験への抗しがたい欲求を動機とするようになっていた。

この死の科学について彼が語るとき、サント＝クロワは宗教心から生じる恐れにおののきながらも、耳を傾けずにはいられなかった。

エグジリは得意げに顔を輝かせ、声を弾ませて言う。「どれだけ精魂を傾けて探しても、誰も生命の秘密を解き明かすことはできないが、わしは死の秘密を解き明かしたぞ」

「何と！　それで、その結果、どうなったのです？」サント＝クロワが小声で言う。

「神と肩を並べたのだ」虚無を知り尽くした不吉な錬金術師が答える。「神は、創造すなわち生命を自らの手のうちに握り続けている。いっぽう、破壊すなわち死を人間に払い下げた。わかるかね？　わしは破壊において、神と肩を並べる力を持つのだ」

騎士が信じられないという身振りをすると、エグジリは続けた。

「そもそも、このわしは全能と言えるのではないか。あらゆる人間の命をわが手に握り、稲妻のように打ち砕くことができるのだから。わしのような力を持つ王がいるだろうか？」

やがてある日、サント＝クロワは、自分も毒薬の科学に手を染めていたことを思い切って打ち明け、それまでの経験を語った。

同房者は薄笑いを浮かべた。

「この芸術について、お前さんはまだ、初歩の初歩、最も低い概念しか持っていない。たゆまぬ努力を二十年続けても、真の科学を極める道のほんの入り口に到達できるかどうか。イタリアの大家たちも皆その道を経て来た。そうした大家が体得した奥義はけっして漏らされず、師から信頼厚い長年の愛弟子へと密かに伝えられるものなのだ」

「私をその弟子にしてはいただけませんか？」サント＝クロワが叫んだ。

イタリア人は迷っているらしく、首を傾げる。

「まだ互いによく知らないのに、お前さんがふさわしいと誰が請け合ってくれる？」

「私の来し方を見ればわかります。まだ若輩者ではありますが、それなりに苦労を重ねてきました」

「わからんな」とエグジリが答える。「お前さんの人生に欠けているものなどあったのか？　若く、裕福で、容姿もいい。人に好かれるはずだ」

「私は名門の生まれではありません」と騎士が遮る。「それにもかかわらず、神は誇り高き心を私に与えたもうたのです」

エグジリは顔を悪魔じみた喜びに輝かせ、つぶやいた。

「誇りか！　大いに結構！　騎士よ、お前をひとかどの者にしてやろうじゃないか。だが、まずは身の上話を続けなさい。わしは過去から未来を読み取るのだ」

「皆は私の一族がパリ出身だと信じるか、信じる振りをしています。少なくとも、私は自分の勇気と剣の腕前でそう思わせてきました。実はどこにでもあるような無名でつましい家の出身です。父は職人でした。きっと私にも同じ道を歩ませたかったのでしょう。しかし、私はそういう世界には関心がなく、すでに熱く誇り高い心が芽生えていました。金が欲しい、遊びたい、着飾りたいと思いました。早くも漠然とした無分別な野心にとらわれ、勲章や、グラスの音や、ぶつかり合うさいころや、貴婦人の微笑といった想像で頭がいっぱいでした。貧しい子供たちが奉公先で苦労したり、学校に嫌々通ったりしている年頃に、私はもう修業にも勉強にも目をくれず、酒場と剣の練習場と賭場に入り浸っていました。モントーバンのあらゆる剣士、遊び人とつき合って、鋭い眼力、敏捷な手の動き、賭場でめったに負けない勝負強さを身につけました。けれども、父はそんな私の行状を嘆きながら亡くなりました。父には申し訳ないことをしたと思っています」

「多感な年頃には、完璧な人間にはなれないものさ」エグジリが口を挟む。

騎士は話を続けた。

「十六歳のとき、ある不祥事により――人を殺したのか、若い娘を騙したのか、もうはっきりと思い出せませんが――ラングドックを追われました。パリは、私のような類いの人間すべてを惑星のごとく引きつけてやまない、太陽のような都です。私もパリへやって来ました。ただし、私が入りたい世界の扉を開けてもらうためには、家名と称号と財産が必要です。そこで、ゴーダン・ド・サント＝クロワ騎士と名乗り、間抜けどものポケットから生活費を賄いました。決闘も一度ならずしました。サント＝クロワ騎士という名にふさわしく振る舞ったわけです。ある日、ボーヴォワジのある貴族が、自分の財布から私の財布にあまりに簡単に金が移動するのを見とがめ、口汚く罵り、あろうことか、私の称号の正統性まで疑ってきました。そこで、シャルトルー会修道院の裏手まで一緒に散歩してくれるよう、頼みました……そして、疑いは払拭されました」

「言いくるめたのか？」エグジリが尋ねる。

「殺したのです。でも、あいにく露見しました。彼の家族に告発されたため、裁判で争うのを避け、名誉を守るためにコンピエーニュ（パリの北東、オワーズ県の町）へ逃れ、詩人ラカンがうたったような田園生活を始めました。田舎に引っ込んだ道楽者の友人にかくまってもらったのです。彼は宿屋の主人に納まり、相変わらず遊んで暮らしていました。そんなとき、生涯で最大の恋に落ちました」

「相手の名は？」

「マリー＝マドレーヌ・ドーブレです。十六歳でした。私は十八歳。マリー＝マドレーヌはあどけなさを残しながら大人になったばかりの、目を奪うばかりに美しい乙女でした。オフェモン城を囲む深い森の奥の小道で偶然出会ったのです。その夏から秋にかけて、民事代官をしている彼女の父親が、政治がらみのいざこざと仕事の重責を忘れるためにオフェモン城に滞在したのです。マドレーヌの心は、ひたすら愛を求めていました。愛は神に捧げられるものですが、ひとたび男が現れれば、彼がその愛を奪うのです。二人は恋に落ちました……。向こう見ずな冒険者にとって、そのような愛の思い出は、火傷するほど危険な人生における一服の清涼剤として貴重なものです。彼女に会うために夜毎、庭園の塀を越え、オフェモンの古い城館に忍び込むと、恋人は私を人目に触れぬ楽園に誘ってくれました。ドルー・ドーブレ氏は仕事のためパリへ戻り、愛娘を年老いた家庭教師の女性に委ねた。娘は身体が弱く、森のきれいな空気が必要だったのです。めくるめくような愛の日々は長くは続きませんでした。民事代官が戻ってきたのです。マドレーヌは身ごもっていました。過ちが知られれば、罪人のように罰せられたでしょうから、父の監視の目をごまかすためにどれほどの慎重さと、細心さと、勇気が必要だったか。彼女が私と同じ激しい気性の持ち主であることを申し上げれば、わかってもらえるでしょうか。私の気力は、投獄されたせいで萎えてしまいましたが。マドレーヌは夜中に出産しました。独りきりで、誰の保護も助けも受けずに、年老いた頑固な父親ドルー・ドーブレ氏が眠る寝台の目と鼻の先で。その夜、私は城館の庭園をさまよっていました。不意に現れた彼女は、苦痛と恐れと良心の呵責に打ちひしがれていました。茂みを抜けてこちらへ来ると、私の腕に赤ん坊を託したのです。番犬が吠え始め、館の中で使用人たちが動き始めました。私は託されたものを腕に抱いたまま、野原を逃げました。夜が明けて、ボーヴェ街道沿いの人里離れた農家の扉をたたくと、小作農のおかみさんがわが息子に乳を飲ませてくれました——そう、赤ん坊は男の子でした」

「ボーヴェ街道と言ったな？」そう問うエグジリは、少し前から、騎士の話に並々ならぬ関心を寄せて耳を傾けていた。

サント＝クロワは思い出にどっぷり浸り、イタリア人の質問に答えない。

「私はその場に立ち尽くし、赤ん坊を見つめ、その母親を思いました。そのとき、街道から武器や馬の蹄の音がしたのです。治安維持部隊の騎馬警官たちが、こちらに向かって猛スピードでやって来ます。ドルー・ドーブレ氏が私たちの秘密と家門を汚す行いに気づいたか、あるいは私がその辺りに潜伏していることが官憲に密告されたのか？　そのときはわかりませんでした。とにかく、逮捕への恐れと、昨夜の出来事のせいで気が動転していた私は、持っていた金貨を洗いざらいテーブルの上に投げ出し、窓を開けて小さな裏庭へ飛び出て、すぐに森へ逃げ込んで隠れました。二日後、民事代官は娘をパリへ連れ戻し、私はトラシー騎兵隊の一兵卒として軍服に身を包んだのです」

エグジリは射抜くような目で同房者を見つめる。

「その後、その農家を訪ねなかったのか？　息子がどうなったのか、知らないのか？」

「戦《いくさ》に全身全霊を捧げ、恋と遊びにも忙しかったのです。十年の間に、スペイン、ピエモンテ、フランドルと、戦のある場所ならどこででも戦いました。サント＝クロワ騎士の行動を見て、軍人としての務めを勇敢に果たしていなかったと言う者がいれば、猛然と抗議します。フランスへ戻ったとき、私は大尉になっていました。若かりし頃の無鉄砲さは影を潜めていたものの、やはり知りたいという気持ちはありました……。ボーヴェ街道の農家へ行ってみました。十年前にどこの誰とも知れぬ男が置き去りにした子供に、そこの農婦が乳を飲ませてやったそうです。だが、それも父親らしき男が置いていった金貨が尽きるまでのこと。その小作農はけっして豊かではありませんでしたから、子供は重荷でした。子供を手放したいと考え、孤児院に送ろうとしていたところ、ある日、名も身分もわからない旅人が、その子を引き取ろうと申し出たそうです。それで、子供はその旅人に託されていったとか。かくて、息子を見つけるには至りませんでしたが、数カ月後、その母親とは顔を合わせることになったのです。フランドルでの最後の戦役の間、私は名家の出身でとても性格のいい男と親しくなりました。戦争が終わってパリで彼と再会しました。私は貧しく、向こうは金持ちです。彼は私に金銭的な援助と世話を申し出ました。断る理由はありません。気のいいその戦友は、結婚していました。若妻を紹介すると言われ、会いました。私の驚きがおわかりでしょうか。マリー＝マドレーヌ・ドーブレはブランヴィリエ侯爵夫人になっていたのです。侯爵は豪勢な暮らしをし、財産を湯水のように使っていたようです。彼の右腕になってほしいと言われて、私は彼の館で暮らすようになりました。胸には昔の情熱がまだくすぶっていました。侯爵夫人を一目見たとたん、情熱は再び燃え上がり、かつてないほど激しく、抑えきれなくなったのです。マドレーヌはもう夫を愛してはいませんでした。侯爵は気さくなさばけた男で、妻の自由を認める代わりに、自分も自由を謳歌したかった。どう言えばいいでしょう？　マドレーヌは美しかったし、年月を経ても、満たされなかった恋の炎は消えるどころか燃え盛るばかり。離れていた年月は、たった一度の接吻で忘れ去られました」

注意深く耳を傾けていたエグジリが、いぶかしげに尋ねる。

「侯爵夫人は子供の消息を知ることができたのか？　その後どうなったか、行方を捜す手がかりは見つかったのかね？　侯爵夫人も捜したのだろうね？　母というものは息子を気にかけるはずだ、行方不明でも亡くなっていても」

「マドレーヌは心を痛めながらも、私が息子を連れて行き、手元で育てたと思い込んでいました。本当のことを知らされたときの絶望は計り知れません。今でも、あの子を失ったことが私たちの恋に影を落とす唯一の黒雲です」

「ということは、彼女に真実を告げたのかね？」

「ええ、何一つ隠さずに」

「お前さんは機転が利くように見えるが、彼女が悔いを感じないよう取り繕おうとしなかったのかね？　たとえば、赤ん坊は生まれて間もなく、父親の腕の中で息を引き取ったと言うとか？」

「マドレーヌに嘘はつけません」サント＝クロワは重々しく答えた。

同房者は再び口をつぐみ、物思いに耽っているように見えたが、その実、頭の中では忙しく考えを巡らせていた。

騎士の身の上話は終わろうとしている。

「私たちは何に縛られることもなく、情熱の悦びに心ゆくまで身を委ねました。邪魔するものは何もないように思われました。ブランヴィリエ侯爵は私たちにほとんど構いませんでした。私は食客の身でありながら、主人に成り代わったような有り様で、私たちは毎日、いつも何の危険もなく、侯爵の無頓着さのおかげで情欲に溺れることができました。ところが、館の中で起きていることに疑いを抱いたのが、民事代官でした。ドルー・ドーブレ氏は油断がならない男です。私たちは口裏を合わせていろいろと釈明しました。侯爵は目をつぶっていました。ドーブレ氏がその目を無理矢理こじ開けたのです。彼に疑われ、横暴な非難を浴び、暴力まで振るわれて、私は侯爵邸を出ざるを得ませんでした。とはいえ、逢い引きを諦めたりはしません。人目を忍ぶために、ひっそりと目立たない隠れ家を見つけました。ところが、どんな悪魔の手引きか、民事代官は二人の秘密の部屋を突き止めたのです。しかも息子が二人、剣まで携えてきました！　……代官にしてみれば、お上の命令のほうが確実な武器だと思ったのでしょう。勅命拘引状を携え、配下の警察官に守りを固めさせて、ある日、私たちの愛の巣に不意討ちをかけ、そして、私をこの牢獄に閉じ込めたのです。おお！　だが、私はいつかきっと、ここから出ます。たとえ命と引き換えでも、自由の身になります。ああ！　人間の世界に戻れたら直ちに、あいつと息子たちを亡きものにしてやる。奴らは剣をかなぐり捨てて私を討った。だから、復讐にも剣を使うまい！　そのために、エグジリ、貴方に頼るのです。考えた末に、馬鹿げた恐れも、愚かなためらいも消えました。だから、貴方の科学が必要なのです、貴方の科学で人殺しができますから。弟子でも共犯者でもいい、私を受け入れてください。どちらにしても、絶対にやり損ねることはありません」

答える代わりに、イタリア人は立ち上がり、寝台の奥の壁に向かって真っ直ぐに歩いていった。エグジリが手で押すと大きな石が回転し、壁にぽっかりと穴があいた。驚くサント＝クロワの目に、深い洞穴の内側が棚のようになっているのが見えた。レトルト（蒸留などに使うガラス製の実験器具）、蒸留器、炻器《せっき》やガラスのさまざまな容器、訳のわからない物体の入った壺、謎めいた液体で満たされた小瓶、炭の小山、焜炉《こんろ》などが収納されている。

エグジリは何も言わずに焜炉を房の中央に運び、炭に火をつけた。

そして、同房者の無言の問いに答えて言った。

「わしを必要とする人々のおかげで、ここでも何一つ足りないものはない。なかには国王にきわめて近い者もいるが、この実験室を整えたのは彼らのおかげであり、彼らのためでもある。はばかりながら、ここにはあらゆる野心を満たし、あらゆる復讐を実行できるだけのものが揃っている。これまでここにいたのは、ただの囚人どもだった。そいつらは死んだ。わしが必要としていたのは、弟子だ」

サント＝クロワは不安な目で、問いかけるようにエグジリを見る。

「そうさ。皆、死んだ。この房は空気が悪いからな。臨終のときにはバスティーユの医者も来たが、なす術もなく、奇妙な病に病名もつけられなかった。まあ、お前さんには危害は及ばん。わしが目をかけているからには、身の安全は保証する。驕りという魔物が、お前をここへ送り込んだ。願ってもない弟子だ。わしの奥義を受け継ぐにしても、わしの怨念の手先となるにしても、お前に、死を司るこの科学を伝えよう。われらが共にここから出れば、共に支配者となろう。お前だけが出たら、わしの恨みを晴らすのだ。さあ、わが弟子よ、仕事に取りかかるぞ！」

第五章　毒殺の師匠

不吉な錬金術師たちは寝る間も惜しんで研究に勤《いそ》しんだ。丸一年の間、毒薬の傑作を生み出すべく、坩堝《るつぼ》を覗き込み続けた。

サント＝クロワはもう同房のイタリア人にすっかり傾倒し、殺人をも厭わなくなっていた。常軌を逸した大言壮語、とんでもない非論理性に感化されたというよりも、自らの怨嗟と性格の激しさから、この犯罪者の科学に全身全霊で打ち込んだのだ。

彼はそれまでつまらぬ事柄にばかり傾けてきた情熱を、この科学に注いだ。現在の境遇を思うにつけ、冒険も楽しみも恋愛をも奪った相手への憎しみと怒りから、また、獄中生活が永遠に続きかねないという悲嘆から、情熱は募るいっぽうだった。

しがない小悪党としてバスティーユに閉じ込められたが、天罰を下す力を得れば、この牢獄の扉も開けられるはずだ。

そもそも、騎士はかねて毒物学の神秘に惹かれていた。明確な目的も計画もないまま、興味と気まぐれから、十七世紀当時注目されていたこの学問の神秘を探り、体得しようと努めてきたのだ。

エグジリのような師匠の下で、研究の成果を復讐につなげようと考えた彼が、どれほどの熱意を持ち、どれほどの進歩を遂げたかは言うまでもない。

このイタリア人は実に優れた教師だった。彼の言葉は地獄に燃え盛る火のごとく輝き、素朴な饒舌はセヴェンヌ地方（南仏の山地。十六〜十八世紀に宗教戦争の舞台となった）の神秘主義者の説教を彷彿させ、いかなる論理によってか、暗殺を正義と同一視し神格化するのだった。

エグジリが毒殺の天才であることは間違いなく、歴史にもそう記録されている。もっとも、天与の才を表すその言葉を、低俗な目的のためや人類の利益に反して使われる才知に使ってよければの話だが。

エグジリは異常性格者だった。犯罪史をひもとけば、死刑台に送られた同類の犯罪者には事欠かない。カルディヤック（ホフマン作『スキュデリー嬢』に登場する金細工師の殺人者）しかり、パパヴォワーヌ（一八二五年の心神喪失による殺人事件の犯人）しかり、エリサビード（一八四〇年に発生した残忍な連続殺人事件の犯人）しかり。

インドの狂信的集団「タグ」の信条は、絞殺こそ血まみれの破壊神カーリへの信仰の証であるというものだった。エグジリもまた、破壊への激しい欲求に取り憑かれ、毒物の生成に打ち込んだ挙げ句に恐るべき単純な製法を編み出した。

「わしが使う毒はただ一つ」エグジリはしばしばサント＝クロワに語った。「ただ、それは他のあらゆる毒を組み合わせてできたものだ。完成するのに三十年かかった。効き目はたしかだ。ただし、使用量と被験者によって効き方は変わる。厳密に計算した用量で用いれば、何カ月、何年もかけて効果を発揮できる。ほんの数粒を足せば、あるいはほんの数滴を加えれば、即座に墓場行きにすることだってできる。胸を一突きするナイフや心臓に打ち込む弾丸、一撃で焼き尽くし、倒し、打ち砕く稲妻のごとくだ！……この毒はあらゆる形状をとり、あらゆる臓器に作用し、あらゆる捜査の裏をかくことができる。この毒でやられた遺体を解剖しても、毒の使用を示す異状は見つからないため、こじつけられた病名が隠れ蓑になる。毒殺の達人だったボルジア家の面々が、わしの先達に奥義を伝えた。この先、お前がそれを受け継ぎ、役立てなければ、おそらく、この秘伝は途絶えてしまう。とはいえ、ボルジアが手を染めてきたことも、わしが夢見る偉業に比べれば児戯に等しい。われわれは二人とも、毒物学の限界をとことん探るべく運命づけられている。果物、飲み物、手袋、花といった、口に入れたり触れたり嗅いだりするあらゆる物を命取りにするのはあまりにたやすい。カトリーヌ妃お抱えの初歩的化学者、フィレンツェのルネにお似合いの手口だ！　わしには理想が必要だ。死に似た麻酔薬はもう見つけた。今探しているのは、命に似た毒だ。目に見えず、触れることもできない毒、空気に混じり、遠くからでも殺すことができ、効果を拡散し、一人を殺すのと同様に一つの民すべてを犠牲にもできる……。人間を虜にするあらゆる情熱のなかで最も大きな満足を与えてくれるのは、この毒の発見だ。それ以外のものを求める必要はないぞ、わが弟子よ。賢者の石も金の精製法も、あらゆる世代が身も心も捧げて追い求めてきたが、無駄だった」

騎士はそうした取り留めのない無駄話にも熱心に耳を傾けた。

月日は流れたが、騎士の境遇には何の変化もなかった。外界の情報は何も届かない。近いうちに釈放されるという知らせはない。恋人や友人が彼のために力を尽くすという便りが四重の城壁の外からもたらされることもない。落ち込んだ心を明るくする希望は皆無だった。

友人？　結局、彼のことなど気にもかけない遊び仲間だけが友だったのか？　騎士自身、彼らのことを気にもかけていなかった。彼の愛撫に身を委ねるために父も夫も裏切った愛人は、思い出の中と同じ優しさを見せてはくれないのか？

ああ！　サント＝クロワは物思いにふけり、牢獄の中で苦しみと怒りと絶望の嵐に苛まれるのだった。

マドレーヌと民事代官の名が、すすり泣きと、叫びと、呪いのなかに交じる。

囚人は怒りの発作に襲われては髪を逆立たせ、口から泡を出し、拳で格子を打ち、壁に頭をぶつけて打ち砕こうとする。

それから諦め、気力を失って寝台に倒れ込み、泣いた。そう、泣いた。かつてはどんな感情にも心を閉ざしていた冒険家が、行き当たりばったりにわが子を捨てて顧みなかった男が、その子の母親の涙を乾いた目で見つめていた男が！

それでも、エグジリは平然と語り続ける。

「毒殺が芸術の域に達すれば、自然死や当然の成り行きとみなされ、絶対に罰せられないはずだ。それは、人間の弱さや処罰能力の欠如、正義を無視したり忘れたりする性質ゆえにただ罰を免れるのとは違う。フィレンツェ人のルネはベッドの上で穏やかに息を引き取った。それはどういうことか？　たしかに、アンリ四世はジャンヌ・ダルブレ（ナヴァル王妃、アンリ四世の母）のポマンダー（匂い玉）とソーヴ夫人（カトリーヌ・ド・メディシスの侍女）の香水つき手袋のことで、ルネを咎めなかった。……それでも、ルネの罪業は知られていたし、人びとは彼のことを呪わしく記憶している。いっぽう、教皇アレクサンドル六世（一四三一〜一五〇三。ボルジア家出身）は罰を免れなかった。この悪魔のような老教皇は、自ら仕掛けた罠にはまった。ラテラノ宮の葡萄棚の下で、枢機卿たちを招いた食事の最中に自らが持ち込んだ毒のせいで命を落としたのだ（マラリア等が原因の病死という説もある）。ドンナ・オリンピアはローマでつけ狙われた。そして、わしはこうしてバスティーユにいる」

「なぜですか？」

「皆、まだ道を究めてはいなかったということさ。もしも、わしが求めている奥義を手にしていれば、ルネは悪業の証となる匂い玉や手袋を使う必要はなかったし、ボルジア家出身の教皇も、自らをあの世に送り込むことになったオルヴィエートの葡萄酒を必要としなかったのではないか？　わが庇護者たるドンナ・オリンピアの馬車にローマの大衆が泥と石を投げつけることも、お前さんの目の前にいる男がヨーロッパ中で恐怖とおののきの的となることもなかったのではないか？　おお、わが愛弟子よ！　わしの望みは、われわれが墓場の先まで罰を免れることだ。罪を問われることなく、この世で力と富と愛と名誉を手に入れたあと、尊敬を集めて亡くなり、世界中から死を悼まれることだ。それこそ、われわれにふさわしい。崇高なる背徳を極め、欺いてきた惨めな者どもを高みから見下ろし、棺の底で笑い飛ばすのだ！」

エグジリの話が終わると、サント＝クロワは立ち上がってまた実験を始めた。

二人の師弟の研究と実験を邪魔するものは何もない。

エグジリは、バスティーユでは大人しい囚人で通っていた。いささか常軌を逸した知性の持ち主ではあるが、脱獄や暴動を画策する恐れはないと見られていたのだ。

エグジリを擁護した高位高官のなかには、ときに彼の手を借りたがる者もいたから、大それたことをする心配のないこの囚人を丁寧に扱うようにと申し渡していた。牢番は、エグジリが自分の葡萄酒を気前よく譲ってくれたり熱冷ましの薬をくれたりするので恩に着ており、〈怪しげな炊事〉もやりたい放題で自由にさせていた。

サント＝クロワは取るに足りない凡庸な囚人であり、さして注意を引かなかった。

騎士自身にとって、今や自由の身になることだけが望みだった。脱獄を口にすることもあった。

だが、イタリア人はこう答えた。

「それはもっと先の話だ。お前はまだ道を究めていない……」

「それなら、一緒に逃げましょう」サント＝クロワの声が大きくなる。

「お前に教えることがなくなったらな」

ある朝、牢番が入って来て騎士に言った。

「面会だよ」

そして、一人の紳士を房の中に入れた。

「面会時間は十五分。ただし、今もらった二ピストールに免じて、二十分。時間になったらおしまいだ！　また迎えに来るからな……」

牢番が立ち去ると、レーシュ・ド・プノティエはサント＝クロワを息ができないほど固く抱擁した。

サント＝クロワの口から言葉がほとばしる。

「俺を自由の身にしてくれるのか？」

ラングドック州財務官は、わざとらしく悲しげな顔をした。

「ああ！　気の毒な騎士殿、貴方の敵はあまりにも大きな力を握っているのです。われわれがどれほど嘆願しても、彼らの影響力には勝てませんでした」

今しがた輝いた希望の光は囚人の顔から消え、どうしようもない絶望が取って代わった。

次に、怒りが込み上げてくる。

「俺をこの花崗岩の墓の中で朽ち果てさせようと企んでいる卑劣漢は、いったいどこのどいつだ！」

騎士は絞り出すように言う。「こんなふうに四方八方から責め立てられるほどのどんな大きな過ちを俺が犯したというのか？」

「父親が許さない過ちです」プノティエは硬い表情で答える。「道徳の掟も、われわれの神聖な信仰の掟も許さない過ちです。考えてもごらんなさい、騎士殿。平和な家庭が乱され、家名が汚され、夫が妻から引き離され、娘が父から遠ざけられるような事態は、ひた隠しにできない限り、世間がけっして許さない罪です。上流階級にありがちなことですがね。しかし、貴方とブランヴィリエ侯爵夫人が不幸にも溺れている情事はいささか物議を醸しております。悪い噂によれば、ゴーダン・ド・サント＝クロワ大尉は品位に欠く人物で、敵に回して来た方々のように高潔ではないとか」

財務官は言葉を切り、相手の反応を待った。

だが、サント＝クロワにとっては馬耳東風のようだ。

「マドレーヌ」騎士はつぶやく。「俺と永遠に一心同体だったはずのマドレーヌ、自分のすべてを俺に捧げ、俺のために生き、俺と共に死ぬことを誓ったマドレーヌ、来し方も今このときも心を離れないマドレーヌ、彼女もこの俺を見限ったのか？　もう一年余り、俺はこの牢獄の壁にわが身を打ちつけている。この一年余り、俺にとっては果てしない無念、途轍もない苦しみ、片時も心を去らない絶望が続くだけの日々だった！　彼女が慰めて、憎しみを和らげてくれてもいいのに。彼女だけが、復讐を思いとどまらせることができるのに……その腕から奪われてここへ投獄された男に対して、一言の挨拶もない。この唇はまだ彼女の接吻で濡れているというのに」

「そんなことはありません、騎士殿」プノティエがやんわりと反論する。「そのように夫人を責めてはなりません。とはいえ、今の不幸な状況では致し方のないこと、私と同様に、侯爵夫人もきっと貴方をお許しになるでしょう。良家のご婦人には良識が求められ、不本意ながらも自制せざるを得ないことは貴方もご存じでしょう?」

「情熱が本物なら、名門の良識や世間の因習など、無視できるはずだ」サント=クロワは口を挟む。

「そうしたいのは山々でも、夫人にはそれができないのです。どうか、信じてください。ブランヴィリエ侯爵夫人の愛が冷めたなどということは、けっしてありません。貴方が去ったその瞬間から、夫人は貴方を思って泣き、その涙だけがあの方の力になっているのです。そのうえ、見張られ、偵察され、片時も人目を避けられず、父親の厳格さと、貴方の敵からの中傷に苦しんで……」

「それでは、ドーブレ親子の他に俺を憎んでいるのは、誰です?」

「名指しするつもりはありません。しかし、ご自分の記憶に問うてみてください、騎士殿。きっと答えが見つかりましょう」

「記憶に問う?」

「貴方のように数多の冒険をなさり、武勲を立て、資質に恵まれた方は、これまでの人生で多くの敵も作らざるを得なかったことでしょう。さあ、陰口をたたこうというわけではありませんが――われわれ教会の人間の悪い癖だとよく言われます――、思い出してください。逮捕された日、貴方はある人に容赦なく剣を突きつけ、顔面蒼白にさせ、衆人環視のなか、その人の臆病さを暴いたのではありませんか?」

騎士は両手に額を埋めて考えた。

「よく思い出して!」プノティエが促す。

サント=クロワは顔を上げ、財務官の顔を直視する。

「思い出せと言うからには、貴方はもうわかっているのですね?」

「いかにも！　慈悲の心から、また、貴方がかなりまいっているようなので、助け舟を出させていただきましょう。〈ラ・ヴィエンヌ浴場〉でアニヴェルがどうしたか……」

「彼か。いや、まさか！」サント＝クロワは叫ぶ。

「噂では、あの人は侯爵夫人に惚れていたとか」プノティエはいかにも親切そうに言う。「貴方が剣を抜いたのは、彼が不躾なことを言ったからなのでは？」

「たしかに。そう、記憶が蘇ってきた……」

「貴方の体面などお構いなしに公衆の面前で彼が発した言葉が、ドルー・ドーブレ氏の耳にも入ったのではありませんか？　アニヴェルは貴方の隠れ家を知っていた。そもそも、貴方の秘密を知っている人はごく限られています」

「ああ！　あのときとどめを刺しておけば！」騎士が歯ぎしりしながら言う。

「申し上げておきますが、私とて確信はありません」プノティエが言う。「これで謎の一端がつかめたようですな。さらに真相を探ります。おそらくアニヴェルに不利な事実が判明するでしょう」

「そうだ。犯人はあの男だ」サント＝クロワが口を挟む。

浴場の賭場でサント＝クロワが剣を抜いてアニヴェルを脅したとき、教会財務官の目は喜びで輝いた。今、彼の柔和そうな顔に同じ輝きが宿ったが、その表情はすぐに消え、プノティエは高らかに言った。

「話は決まりました、騎士殿。貴方をここから出して差し上げましょう」

そのとき、二人の会話に三人目が割り込んだ。エグジリだ。彼は寝台の上で、眠っている振りをしながら話を一言も漏らさずに聴いていた。

「サント＝クロワ騎士がバスティーユから出なくても、仇は討てるぞ」その声は重々しく預言者じみている。

イタリア人の恐ろしげな顔と長身の体が暗闇から現れると、レーシュ・ド・プノティエ氏は後ずさりした。

「おや！　怖がらなくても大丈夫ですよ」サント＝クロワが言う。「この人は同房の仲間で、友で、師でもあります」

「人呼んでエグジリ」毒殺犯が言う。「おわかりでしょう、財務官殿。われわれは手を結ぶことができる」

「いいえ、正直に申し上げて、それはわかりません」プノティエはしどろもどろで、平静を保とうと必死だ。

「いやいや、実にわかりやすいことです。わが子同様の愛弟子、サント＝クロワ騎士も、激しやすい性格ゆえにわれわれを忘れていなければ、とっくにわかっていたはず。共通の敵への憎しみから、お二人は手を結んでアニヴェルに対抗できる」

「それは誤解です」

「誤解などしていません。先ほど話していたのは、聖職者総収入役のことではありませんか？　きわめてうまみのある地位だ。授与状を持つ者の懐には年二回、七万五千リーヴルが入るとか。そして、騎士の言葉によれば、貴方はラングドック州財務官だそうですな。聖職者総収入役のサン＝ロラン領主が不幸に見舞われれば、その後釜に据えられるに最適な候補者だ」

「だから？」

「だから、サン＝ロラン領主は不幸に見舞われる」

「いやはや！　いやはや！」プノティエは感情が高ぶり、あえぎながら叫ぶ。「どういうことか、説明していただかなくては」

そのとき、牢番の足音が聞こえた。

「その時間はありませんな」イタリア人が答える。

そして、研究の成果を収めた棚のところへ行き、小さな瓶を取り出して財務官に見せた。財務官は顔色を失い、レースのハンカチで額の汗を拭う。

「これを持っていきなされ。たった二滴で、われらが友サント＝クロワは忌まわしい記憶から解き放たれ、ブランヴィリエ侯爵夫人は口さがない者の無礼を恐れる必要がなくなり、聖職者総収入役の地位も思いのままだ――アニヴェル師が命を落とせば、貴方が間違いなくその地位に就けるのだから」

牢番が入って来る。

「お持ちください、さあ」サント＝クロワが声を低めて言う。

財務官は震える手で小瓶をつかみ、刺繍をふんだんに施したカフスの折り返しに隠す。

「さあ、面会時間は終わった」牢番が命じた。

プノティエはよろめきながら戸口へ向かう。その姿が見えなくなる寸前、エグジリが別れの挨拶代わりに、陰気にせせら笑いながら言った。

「ご就任おめでとうございます、聖職者総収入役殿！……」

獄房の扉が再び閉じられ、迷宮のような廊下に足音が消えていくと、エグジリはサント＝クロワに近寄り、その手を取った。

「騎士よ、お前さんが本当に決着をつけるべき裏切り者は誰か、知っているか？　ベネディクト会修道士のごとく忍耐強く、タルチュフ（モリエールの喜劇に登場するぺてん師）のごとく狡猾に邪悪な企みでお前を陥れ、バスティーユに送り込んだのは誰か、知っているか？　わが愛弟子よ、教えてやろう。たった今ここを出ていった偽善者、レーシュ・ド・プノティエだぞ」

「知っていました」サント＝クロワが静かに言った。

　イタリア人は心底驚いて、同房者を見つめた。

「ええ、面会が始まったときから、疑っていました。そして、しまいには疑念が確信に変わりました」

「それでも顔色一つ変えなかったな？」

「ええ。私の将来はあの男にかかっていますから」

「でかした、よくやった！」イタリア人は騎士の両手をとって叫んだ。「今日この時から、お前は本当にわしの息子、一番弟子だ」

第六章　死の協定

プノティエの訪問はエグジリの介入によって唐突に終わったが、その訪問以来、サント＝クロワはすっかり人が変わってしまった。

もはや陽気にはしゃぐことも、怒りにわれを忘れることもない。ひたすら暗く、意気消沈している。目をひどく大きく見開いて一カ所をじっと見つめ、あまりにも深い瞑想にふけっていて、同房者に呼びかけられてもその声が聞こえないのだ。

「騎士よ」ある日、いつもよりもさらに無口になった騎士に、イタリア人が話しかけた。「いかなる憂いのせいで眉をひそめ、支離滅裂な言葉さえも飲み込んでしまうのか、教えてはくれまいか？」

サント＝クロワは一瞬、ためらったようだ。

「仕方ありません」結局、憤然として答えた。「正直に言いましょう。怖いのです」

「お前さんが！　いやはや！　そんなことを言うもんじゃない。お前の心は、凡庸な人間とは違い、訳もない不安や馬鹿げた恐れをよせつけないはずだと信じているぞ」

「いいえ。何度でも言いましょう。怖いのです」

「いったい何が？」

「貴方がラングドック州財務官の手に渡してしまった恐ろしい武器が」

「後悔か！　悔いているのか！」イタリア人はあきれて言う。

　騎士は肩をすくめる。

「エグジリ先生は、あの毒に本当に確信を持っているのですか？」

「何だ、そんなことか。もちろんだ、安心するがいい」

「プノティエに、私はすべての希望を託しました。もし彼が失敗したら？　現場を取り押さえられ、裁判にかけられ、拷問を受けたら、われわれのことを暴露するのでは？　そうなれば、二度と自由の身になれない」

「馬鹿な！　わしが調合した毒でしくじったことは、ただの一度もないぞ！」

「ああ！　なぜ信じられないのだろう！」

「わしがお前を騙したことがあったか？」

「そこです！　わかるわけがないでしょう」騎士は反問する。「ずっと、先生の言葉を信じるしかなかった。先生が『これがわしの毒だ』とおっしゃる。私は信じる。『この物質がこういう作用を引き起こす』と言われれば、また信じる。しかし、証拠は一度も見たことがないのです。先生の正しさを、実際に、物理的に体験したことがない。だから信じきることができず、疑問を抱いてしまう。だから恐ろしい考えに取り憑かれてしまう。その時が来れば、死の秘薬が効き目を現すのですか？　そして、アニヴェルの死体によって、私の復讐の秘密とプノティエの強欲が暴かれることになるのでは？」

　イタリア人はしばらく考えてから、ようやく口を開いた。

「騎士よ、たしかにお前には経験が欠けている。それなら経験させてやろう。ネズミの実験でうまくいっても、完全には信じられんだろうからな。人間の実験台が必要だ。それは手の内にある」

「どういうことです？」

「疑い深い奴だな、まあ落ち着け。弟子として、その目で見て、その手で触れれば、きっと信じられるだろう。そして、師の言葉を二度と疑わなくなるだろう」

そして、イタリア人は胸元からごく小さな瓶を取り出し、驚くほど慎重に栓を開けた。それから、中に入っている液体に針を浸すと、囚人が食事に使うコップの上で針先を二度、振った。ほとんど見えないくらいのしずくが二滴、コップの中に落ちる。

ちょうどそのとき、牢番が囚人たちの食事を持って入ってきた。

「各々方《おのおのがた》、大盤振る舞いですぞ！」緑色の栓をした瓶を二本テーブルに置きながら、牢番が言う。「今日はベズモー・ド・モンルザン長官殿の聖人の祝日だ。ベズモー殿は囚人各位にも、国王陛下の健康に乾杯し、祝日を祝ってほしいとおっしゃる。さあ、飲むといい。上等の葡萄酒だ」

そう言うと、牢番は舌を鳴らし、顔を歪めて至福の表情をしてみせる。バスティーユでは、長官が特別にふるまう葡萄酒はすこぶる評判が高いらしい。

エグジリはサント＝クロワに目配せし、瓶を指して牢番に言う。

「酌をしてくださらんか、看守殿。そして、ベズモー殿の贈りものを共に味わおうではないか」

牢番はさっそく瓶の栓を抜き、コップを満たした。

「騎士殿も飲まんか？」イタリア人がサント＝クロワに尋ねる。

騎士は手振りで拒んだ。

「わかっとらんな。葡萄酒こそ囚人にとっての太陽。あと十年もここにいたら、これほどありがたい癒しの薬を前に、すねたりしなくなるだろうが」

エグジリはそう言うと、小瓶の液体を垂らしたコップを門番に差し出し、自分はもう一つのコップを取り、相手のコップに軽く当て、乾杯の音頭をとって飲み干した。

「ルイ十四世国王陛下、万歳」

牢番もコップを口に持っていった……。

ところが、コップに唇を触れるか触れないかのうちに、身体が傾いで、雷に打たれたようにばたりと倒れた。

サント＝クロワはその場面を呆然と見つめる。

「何と！　死んだのか？」

「そうだ、このままにしておけばな」エグジリが平然と答える。「さしあたり……いささか唐突なやり方で、眠らせておいた。見てのとおり、どう見ても息を引き取っている。そして、この恐ろしい眠りから引きずり出さなければ、二度と目覚めない」

床の敷石にぐったりと横たわった牢番の体の上に、サント＝クロワは身を屈めた。

「そう！」イタリア人が言う。「よく見て、調べるのだ。動かない腕を持ち上げてみろ。鼓動を止めた心臓の上に手を置け。うつろな目の中を覗き込め。どうだ、お前が触れているのは死体ではないか？」

騎士は師の指示に一つひとつ従った。やがて、不運な牢番の両手が冷たくなっていくのが感じられた。

立ち上がり、ほとんど怯えた声で叫ぶ。

「違う、エグジリ。この男はもう死んでいる。貴方が殺したんだ！」

「やろうと思えば」イタリア人は動じずに続ける。「あと三十時間、何の支障もなくこのままにしておける。うむ、この実験は数回やった。こうして、ほぼ二日間そのままにしておき、仮死状態から蘇生させた。それ以上放置するとまずいことが、多数の実験の結果わかった」

「それでは、アニヴェルもこんなふうに死ぬのですか？」

「そう、もっと素早く効き目が現れるだろう。倒れた直後には、もう息を引き取っているはずだ。この薬よりはるかに強いから、あらゆる技を尽くしても、いったん消えた命の炎を再び燃やすことはできまい」

「しかし、医者が診るでしょう！　疑われたら？　遺族が解剖を要求したら？」

「医者は、心臓の血管が破裂したせいで死んだと診断するだろう」

「それでも、グラスに残った葡萄酒を分析されたら？」

「おい！　何度言えばわかるのだ？　わしの妙薬は、いくら調べても検出されないのだ。ドンナ・オリンピアが客に飲ませて死をもたらした極上の葡萄酒を、イタリアきっての優れた化学者たちがいくら調べても何も見つけられない、そんなことも数えきれないほどあった」

「本当に何も見つからなかったのですか？」

「そうだ」

二人の共犯者の間に長い沈黙が続いた。イタリア人の顔はおぞましい驕りに輝き、サント＝クロワは打ちのめされて呆然としている。

「ここに横たわっている男だが」とエグジリが沈黙を破る。「わしが投げ込んだ死の淵からこの男を引き戻せるのは、このわしだけだ。外科医のメスで肉を切り刻んでも、こいつを目覚めさせることはできない」

そう言うと、エグジリは壁の中に設えた秘密の戸棚から、赤みがかった液体が四分の三ほど入った小瓶を取り出した。

「さあ、騎士よ、よく見るのだ」

イタリア人は不運な牢番の頭を持ち上げて膝の上に載せた。ナイフを使って歯をこじ開け、口の中にその液体を五、六滴流し込む。

牢番はぴくりと動いた。

エグジリは数分間何もせずに様子を見てから、同じことを繰り返した。

すると、哀れな牢番は目を開いた。

「俺はどうしちまったんだ？」一呼吸置いて、彼が口を開いた。

「大したことはない」イタリア人が答え、サント＝クロワに命じる。

「今度はお前が、この気の毒な男を支えてやってくれ。わしが立てるようにしてやるから」

サント＝クロワは言われたとおりにし、エグジリはコップに水を入れてから、小瓶の液体の残りを半分注ぎ、牢番に見せながら言った。

「さあ、これを飲めば、よくなるぞ」

「ああ！　ありがとうございます」読み干して、牢番が言った。「気分が良くなりました。まだ頭が重いし、胸の中が燃えているようだが」

「何でもないさ」エグジリは答える。「瀉血を少々するだけでよくなるはずだ」

「本当ですか？」

「ああ、請け合うよ。ともかく、運がよかったな。他の房で倒れていたら、万事休すだった」

「たしかに」と答え、門番はその想像に震え上がった。「バスティーユの医者はヴェルサイユに住んでいますからね。呼びに行く間に、十回も昇天しちまう」

「囚人にとってはひどい話だ」サント＝クロワは反論した。

「おや、旦那！　心配ありませんよ。頼もしいお仲間がここにいるじゃありませんか？　俺が助かったように、旦那も助けてもらえますよ」

牢番はエグジリの手を取って唇にあて、言った。

「神のお恵みがありますように。女房の命の恩人に、今日は俺の命まで助けてもらいました。どうぞ何なりと言いつけてくださいまし、きっと言われたとおりにしますから。まあ、脱獄だけは勘弁してください。そればっかりはお役に立てませんし、俺もクビになるわけにはいきませんから」

「もういい、気にするな」イタリア人は言った。「さあ、あまり長居すると、怪しまれるぞ」

「では、失礼します。ただ、もう一度、お礼を言わせてください。ああ！　旦那のことを毒殺魔だと言うやつがいるなんて！　世間も意地が悪い！」

牢番が去ると、エグジリは勝ち誇り、サント＝クロワは困惑した。翌々日、同じ牢番がイタリア人を脇へ呼んだ。

「旦那、俺の首を賭けてご恩返しをすることになるかもしれません」

「どういうことだい？」

「旦那のご友人、サント＝クロワ殿への手紙を預かったのです」

「誰から？」

「知らない男です。手紙と一緒に十ピストールを渡されました。その金を受け取りましたが、旦那が返せとおっしゃれば、返します」

「取っておくがいい。だが、その手紙はもらおう」

牢番は壁からの覗き見を警戒するかのように周囲をぐるりと見回し、安全を確認してから、ポケットから手紙を取り出した。紙はできるだけ細くまとまるよう、きつく巻かれている。今では命の恩人と呼んでいる相手にその紙を手渡すと、牢番は小走りに去っていった。

「騎士よ、プノティエからの知らせだ！」エグジリが叫ぶ。「いい知らせだぞ！」

「見せてください、早く！」サント＝クロワが言う。「早く……」

騎士は手紙を開く。文面は短い。

「われらの麗しき婦人が宴の杯を満たす役を引き受けてくださいました。彼は最後の一滴まで飲み干しました。万事順調です。親愛なる囚人との近日中の再会を願っております」

「ちくしょう！」サント＝クロワが叫ぶ。「プノティエのやつ、侯爵夫人を使ってアニヴェルに毒を盛らせたのだ。怖かったのか、卑怯者め！　そして、ああ、マドレーヌ、マドレーヌは俺への愛ゆえに引き受けたのだ……」

「何を怒っている？」エグジリが穏やかに尋ねる。

「天使の手を汚したのですよ！　あの美しい魂を罪で貶めるとは！」

「どうかしているね。侯爵夫人が実行して何が悪い？……どっちみち、ドルー・ドーブレ氏親子を襲うときには、彼女の助けが必要だろう」

「仕方ありません！　今やわれわれ四人は恐るべき血の協定で結ばれている。プノティエ、お前は俺のものだ。有頂天になるあまり間抜けにも自らペンを執り、うかつにも私に寄越したこの手紙が、お前を俺の手の内に引き渡した。お前は俺のものだ、プノティエ。命が惜しければ、これからは俺の意志のとおりに動いてもらおう。おお、神よ！　たとえわが命を落とすことになっても、やり遂げねばなるまい」

「プノティエはもっと抜け目ないと思っていたが」エグジリが首を傾げながら言う。「手紙を書くとは！　聖職者に過ちは許されぬ。とはいえ、この出来事で心が決まったぞ。こうなったら、ここを出さえすれば、われわれがフランスを脱出する手段には事欠かない」

「何を言いたいのです？」

「何でもない。ただ、われわれが自由の身になる時が来たようだ」

自由というその言葉、囚われの身の思いと考えのすべてを要約するその言葉に、サント＝クロワは興奮を抑えきれない。

「自由の身になれるのですね！」騎士は叫んだ。

「わしはそう信じる」

「しかし、先生、もう自由を諦めたと何度も言っていたのに」

「まだ時が来ないと言っただけだ。しかし、今は違う。わしはここでお前に教えられることはすべて教えた。お前の知識はもはや十分だ。ここで始めた研究を一人で続けることもできる今、わしがいなくても大丈夫ではないか。お前には、わしが師匠から忠実に受け継いだ奥義を託した。言い残したことが一つだけあるとすれば、わしは、お前が不運に苦しんだあと、成功するのを見る必要があるということだ。この一年の試練と研究は無駄だったと思うか？」

答える代わりに、サント＝クロワは年老いた錬金術師の両手を握った。

「人類にとっても無駄ではなかったはずさ」とエグジリは続けた。「お前は、わしが求め続けてようやく見つけた逸材だからな」

恐ろしい毒殺犯の薄い唇には、その言葉と共に不吉な微笑みが浮かぶ。

師があまりにも自信たっぷりに語る忌まわしい理屈と常軌を逸した大言壮語に、騎士は思わず身震いした。

「いいや、自由を諦めたことは一度もない」一息ついて、エグジリは続ける。「だがな、科学への傾倒ゆえに時を待ったのだ。そもそも、投獄されて以来わしの科学を利用した者たちに、わしとお前を自由の身にしてくれることを期待した時もあった。わしのためにこの扉を開けられるだけの力を持っていたからな……」

「それで、今は？」

「どうやら、わしはもう用済みだと思われているようだ。死ねばいいと考えているのかもしれん。こっちこそ、そんな奴らに用はない」

「つまり、脱獄しようと考えているのですね？」

「そのとおりだ、騎士よ」

サント＝クロワは身じろぎもせず、呆然としていた。けれども、その額と目の表情から、エグジリには、弟子の心を乱すさまざまな考えが手に取るようにわかった。

騎士は、脱獄を阻む障害を洗いざらい吟味しているのだ。捕えた獲物を逃がさないバスティーユ監獄の仕組みを一つずつ数える――牢番、歩哨、壁。あまりに多くの障害に対して、哀れな囚人二人に何ができるか考えている。

それまでにも、何度となく考えたことだった。そして、その度に同じ答えに達した。不可能だ。

今回もやはり、その嘆かわしい結論に達した。そして、同房者の言葉より自分の考えに対して、陰気な落胆と共に叫んだ。

「脱獄！　無益で、限りなく馬鹿げた企てだ！……」

「いいや」エグジリはきっぱりと言う。「百に一つの可能性があるなら、無益ではない」

「でも、その可能性、たった一つの可能性が、われわれにあるのですか？」

「わしには、ある」

「おお、神様！」騎士は熱に浮かされたようにつぶやく。「神様！　どうか、うまくいきますよう、お助けください！」

「わが愛弟子よ、この件で神にすがるのは間違っていないか？　神はおおかた、われわれが二度とここから出ないほうがいいとお考えだろう」

エグジリはその言葉を、言いようのないほどの侮蔑を込めて言った。「わが愛弟子」という言葉を強調しつつ、悪の天才と称する毒殺犯は、どうも神を信じていないようだ。

サント＝クロワは赤面した。邪《よこしま》な心では師に負けないと自負していたからである。

「なるほど」騎士はくぐもった声で言った。「先生は俺を騙して喜ばせようとした。俺の性格の強さを試し、楽しんでいたのですね。何と情けない実験でしょう」

「わしがお前を騙したことがあったか？」エグジリがきつい声で答える。「投獄されて以来、ほんの一瞬でも、わしが自由を見失ったことがあると思うのか？　この計画は、お前がまだ自由の身だったときに練ったのだ。あり得なさそうだという点さえ、成功の一要素だ。だから、わしはお前に言う。『希望を持て』と。繰り返し言うぞ。『可能性はある』」

「おお！　教えてください、お願いです」騎士はあえぎながら懇願する。「教えてください、先生の計画がどんなものか、先生がどんな希望を持っているか。できれば、希望のほうを！」

イタリア人は答えない。

ただ、鉄の柄がついた鋏《はさみ》のような道具を取り出した。牢番からくすねた台所用具を改造したものだ。そして、サント＝クロワの寝台の脇の壁まで行って膝をついた。

数秒間調べてから、ようやく探していた箇所を見つけて、板石の間を埋めるセメントを引っ掻き始めた。

セメントが引っ掻かれて粉々になるどころか、細長い帯状に外れることに、サント＝クロワは気づいた。

なぜそうなるのか、屈んでその部分を調べてみると、漆喰だと思っていたものはパンの柔らかい部分を固めたものにすぎなかった。

「おお！」騎士は喜んで言った。「仕事がずいぶん簡単になるわけですね！」

イタリア人にはその言葉が聞こえなかったようだ。

彼は作業に没頭している。すでに五、六枚の板石が細心の注意を払いながら取り除かれ、下地の煉瓦とそれを支える木材があらわになってきた。

エグジリは外してあった煉瓦のいくつかを動かし、小梁を外して、人が一人楽に通れるくらいの開口部を作った。

そして、年齢に似合わぬ敏捷さで狭い入り口から中へ滑り込み、ついてくるよう弟子に合図する。二人が入っていったのは、下の階の天井と彼らの房の床の間に作られた隠し部屋だった。

その空間はかなり広く、少し背を屈めれば立っていられるほどだ。

「こいつは驚いた！」サント＝クロワは言った。「ベズモー長官は囚人が増えて困り果てているのに、この小部屋を利用して、あと二、三人収容しようと思いつかないのか」

「こんな隠し部屋があることを知らないのかもしれない。おそらくずいぶん昔に、重罪犯を収監していた下の監房の高さを減らすために造ったのではないかな。それより、騎士よ、これを見るのだ」

エグジリは傍らのくぼみから、細心の注意を払って煤で黒ずんだ大きな石を外したところだ。

「なるほど」と騎士はうなずく。「そこから煙道を通って煙突に抜けられそうですね。ただ、煙道は他の房につながっているだけかもしれません」

「その心配はない。だが、もう戻ろう。この時間は見つかりやすい。さて、これでわしの計画を説明できる」

エグジリは石を戻した。

二人はいささか苦心しながら房へ戻った。小梁と煉瓦を元通りに戻す。板石を慎重にはめ込み、隙間はまたパンの柔らかい部分で埋めた。

エグジリは、その小細工が露見する心配はないと請け合った。念には念を入れて、問題の箇所に一つかみの埃を撒き散らし、ますます自信を深めた。

「さあ、先生、どんな計画か教えてください」サント＝クロワはもう片時も待てなかった。

「おそらく」とイタリア人は話を始める。「われわれのいる塔の一階に『尋問室』があることは知っているだろうな」

「知りませんでした」

「幸いなことに、わしはバスティーユに着いて二日目に、それに気づいた。それというのも、わしに自白させるために拷問が予定されていたからだ」

「何ですって！　先生に拷問を！」

「ああ！　そうなのだ、騎士よ。と言っても、結局はごく軽いものだった。奴らはわしに自白させたがった。わしも進んで話そうとした。わしほど舌がよく動く罪人もいないだろうよ」

サント＝クロワは目を丸くしてエグジリを見つめる。

「まさか！　先生ほどの精神力を持つ方が、拷問の苦しみに負けたとおっしゃるのですか？」

イタリア人は若い弟子の問いかけには答えず、かすかな笑みを浮かべた。

「裁判官たちは、わしがすっかり話す気になっていると見て、ひどく怖じ気づいた」

「いったい何を恐れたのです？」

「他でもない、わしの答えを恐れたのさ」

「何を聞き出そうとしたのです？」

「フランスでわしの許を訪れた人間の名前だ」

「ああ、なるほど」

「まことに、哀れな裁判官どもの心配顔には同情を誘われた。口では話せと言いながら、目では言うなと命じていた。いつかお前も見ることがあるかもしれないが、震えながら被告を尋問する裁判官は、被告がその尋問を恐れるよりも、被告の答えを恐れている。わしの場合がそうだった。宮廷の密かな陰謀に関わった咎で裁かれる者は皆、同じような経験をする。王侯貴族は自分たちの密かな問題を偶然や好奇心から知るに至った人間が気に入らない。わしもそういう秘密を少なからず知っていて、それはかなり危険なことなのだ」

「なるほど」サント＝クロワが言う。「彼らは貴方を安全確実な場所に囲っておきたいのですね。バスティーユが彼らの秘密を守ってくれるというわけだ」

「裁判官どもはまさにそう考えておる。あいつらはわしと秘密を共有したくない。わしと共に牢獄に入るのが怖いからだ。拷問で少しでも苦痛を感じた途端に自白すると思い込ませたおかげで、実にお手柔らかだった」

「ああ！」サント＝クロワが自分の額を叩きながら声を上げた。「それで、やっとわかりました」

「何を？」

「俺がいつまでも獄につながれている理由、友人たちが釈放を嘆願してもなかなか認められない理由です」

「どういうことだ？」

「そうだ、そうなんだ」騎士は言い知れぬ恐怖を感じ、同房者には構わずに話を続けた。

「俺が先生と同じ房にいるから、薄れかけた記憶を二人で蘇らせていると思われているのです。そうだ！　ベズモーは、先生が俺に秘密を洗いざらい打ち明けたと思っているのではないか。そう、先生に目をかけられたせいで、先生と同じく永遠に牢獄にいる羽目になるのかもしれない」

「騎士よ」イタリア人は憐れみを込めて答える。「わしがお前に話したようなことは、バスティーユ長官の頭にはこれっぽっちもない。長官はわしを、何の危険もない間抜けだと思っておる。お前さんが投獄されたのは別の理由、むしろプノティエのせいだろう。だが、プノティエが頭の回る男なら、お前をここに入れたままにはしておかないはずだが」

「ああ！　あんな男を信じるものか！」

「どうでもいいことだ、われわれはもうじき自由になるのだから。まあ、聞きなさい。これ以上緩いものはない『拷問』で、あいつらはわしの足を拷問具で締めつける振りをしただけだった。その間、部屋をとっくりと眺め回す余裕があった。奥には鍛冶に使うような炉があり、そこで鉄を熱したり、ときには盛大に火をたいたりしていた。つまり、煙を逃がす煙道はかなり広く、真っ直ぐ屋根に続くはずだと思った。そして、炉のある壁はわしの房の壁の一つにつながっていると見当をつけた」

「それが、さっき見た煙道ですね？」

「そのとおり。しかし、さすがのわしも一目で見破ったわけではない。一週間以上かけて、この階の部分の壁をすっかり調べ、石を一つずつ探った。実は、煙道は途中で直角に曲がっているから、もし、この階と下の階の間にあの隠し部屋がなければ、わしの望みはことごとく潰えただろう。というのも、煙道をあてにして、頭の中ですでに計画を練り上げていたからだ」

「でも、あの隠し部屋をどうやって見つけたのですか？」

「偶然だ。ある日、書記課に呼ばれて行く途中、真下の監房の扉が開いているのが見えたので、天井に目をやった。直感的に高さを目測し、それから、ここまで上がるときの歩数を数えると、一階と二階の間にかなりの隙間があるに違いないと考えるに至った。早速その晩、仕事にかかった。板石をはがしてみると、間もなく探していたとおりのものが見つかった」

「でも」とサント＝クロワが反論する。「拷問室まで行ったとして、その先にどうやって進むのです？」

「まあ待ちなさい。わしは水責めの拷問を受けるはずだったが、取りやめになった。裁判官がわしを監房へ戻すよう命じたとき、用意されてあった水を拷問吏が穴に捨てるのが見えた。炉から遠くない場所に丸い穴があるが、上に板を被せて隠していたのだ。わしは耳を澄ました。くぐもった音が長く続いたから、かなりの深さまで水が落ちていることがわかった。おそらく使われていない雨水溜で、バスティーユの堀につながっているかもしれない。ともかく確かめようと思った。だから、隠し部屋と煙道を見つけると、迷わず中へ入り込んだ。拷問室に着くと、格子を二つ、難なく外し、雨水溜と思われる穴へ急いだ。蓋を外し、ためらうことなく下りていった……」

「でも、当てが外れたのではありませんか？」騎士が口を挟む。平然と語られる同房者の話を聞いているうちに、じれったくなってきたのだ。

「いや、外れなかったな。危ない目に遭いながらも穴の底まで下りてみると、足元に細い水路があって、深さ十五センチほどの臭い汚水が淀んでいた。助かった、とすぐに思った。これで自由になれるとな。ところが、十歩か二十歩歩いたところで、思わぬ障害にぶつかった。大きな岩が水路を塞いでいて、その下にわずかな隙間があって、そこだけ水が流れている。何ということか！　その岩はわしが力の限りを尽くしてもびくともしない。両手を血だらけにしても無駄だった。とうとう、それ以上そこにはいられなくなった。もう夜が明けそうだったのだ。翌日の夜、また同じことをしてから、独房へ戻った。岩の下側を穿ち、抜け道にしようと思った。間の悪いことに、その次の日、房にもう一人、囚人がやって来た」

サント＝クロワはその言葉を聞いて、背筋が凍った。この恐ろしい毒殺魔と同房になった者たちの奇妙な死を思い出したからだ。

「その囚人は」しばしの沈黙のあと、エグジリが話を続ける。「得難い助けになるかもしれなかった。しかし、計画を打ち明けるまえに、そいつが信じられるかどうか、知りたかった。迂闊なことをすれば、自由になる夢もおしまいだからな」

「どうしてです？　相手も自由の身になりたいと望めば、それが何よりの保証になるのでは？」

「お前もまだまだだな。密告のほうびとして自由の身になることもあり得るのだ！　彼を試すために、どうでもいいことを打ち明けてみた。早速翌日、少佐を呼んでわしの打ち明け話を暴露していたよ」

「それで死んでもらうことにしたのですか？」

「そのとおり」

「可哀想に！」サント＝クロワがつぶやく。

「うむ」エグジリは苦々しく言葉を継いだ。「哀れなやつ！　囚人仲間の信頼を何のためらいもなく裏切ったのだ！　ふん！　そいつが死んでも、わしにとっては痛くも痒くもない。自分の身を守るのは当然の権利ではないか？　それからも危険な遠征を何度となく繰り返した。ところが、岩の下に通り道を穿つのは諦めざるを得なかった。水路は丁寧に舗装されていて、砂岩の板石はどれほど頑張ってもびくともしない。そこで、岩を外そうと試みた。とんでもない労力を要する仕事で、わし以外の囚人にとっては狂気の沙汰に思えただろう。あらゆる道具は没収されていたから、完全な闇の中で仕事をするしかない。それでも、時間と忍耐はすべてに打ち勝つ武器となる。何世紀もの時間と、一本の針をわしに与えてくれれば、バスティーユを転覆させてみせよう。ほとんど重さのない水の滴でも、毎秒一滴ずつ落ちれば、しまいには岩に穴を穿つ。だから、この岩を、自由の身になるのを阻む唯一の障害をひっくり返したかったのだ。それから二年の間、毎晩、危険な遠征に出かけた。別の囚人が監房にやって来た。そいつも死んだ。わしは自由でいたかった。もう道具もいくつか作っていた。鋸《のこ》、鋏の一種、梃子《てこ》……。そして、ある夜、尋常ならぬ努力を重ねた結果、岩が、はまっているくぼみの中で動き始めたように感じた。わしは気がふれたように喜んだが、やがてわれに返った。悲しいかな！　一人の力では、その巨大な代物をひっくり返して通り道をつくることはできないと気づいた」

「おお！」サント＝クロワは叫んだ。「今なら先生の力に俺の力を加えて、その岩をひっくり返せますよ。さあ、エグジリ先生、もう一刻も無駄にはできません。ほら！　俺の両腕には力がみなぎっています。世界だって動かせそうだ」

エグジリは微笑む。

「騎士殿はせっかちだな」

「せっかちですって！　自由に手が届きそうだとわかったのですよ。自由こそ、この牢獄で唯一価値あるものだ。ああ、先生！　どうして一年以上もの間、この死の監獄で俺が苦しむのを、じっと隣で見ていたのです？　扉を開けようと思えば開けられたというのに？　弟子と認めた日から、なぜ言ってくださらなかったのです、『さあ、ここから出よう、自由の身になろう』と？　そうしてくださったら、死の科学を伝授されるよりもっと大きなご恩を感じ、ずっとお傍を離れまいとしたでしょうに！……」

「まだ障害のすべてを伝えたわけではない」騎士の言葉を遮ってエグジリが言う。「時間にしか解決できない障害が一つある」

「何ですか？」

「わしは、夜は脱獄のための作業に精を出し、昼は知恵の限りを尽くしてバスティーユのこの部分の構造を知ろうとした。地下水路がどこに通じているのかが問題なのだ。それを知るためにどれほど多くの策を弄したかを語ろうとすれば、時間がいくらあっても足りない。結局、試行錯誤を繰り返した末にわかったのは、水路がバスティーユの堀ではなく、何と長官の庭に造られた雨水溜に通じているということだった」

「それでも、先生は落胆しておられないようですが？」エグジリの忍耐力と意志の強さに圧倒されながら、騎士が問う。

「性根の据わった男はけっして落胆しない。乗り越えられない困難は敬遠するだけのこと。足止めをくって障害物の足元に絶望して座り込むのは、愚か者のすることだ。わしは仮病を使い、何度も長官の庭まで行くことができた。雨水溜も見た。そこまで上るのは児戯に等しく、その縁まで来れば、あとは物理的な障壁つまり城壁があるだけだ。堀に下りねばならないし、城壁の高さは目が眩むほどだ。梯子が必要だが、それなら作ることができる。それ以来、今まで必要な資材を集めることだけを考えてきた。お前とわしの二人分の下着を要求するのを見ただろうが、それも資材にするためだ。足の痛みを装って外科医から包帯をせしめたのも、資材にするためだった。それなのにお前は経験もなく軽率な性格だから、何も気づかなかったな」

「そうだったのですか！」サント＝クロワは叫ぶ。「そう言えば、思い出しました。先生が寝台のシーツを帯状に切ってまた縫い合わせるのを、何度も見た。それなのに俺は脱獄なんて考えもしなかったから、何のためか尋ねようとも思わなかった。でも、どうしてもっと早く教えてくださらなかったのです？」

　エグジリは笑みを浮かべて首を振る。

「計画を知らせれば、お前にとっては牢獄の生活が千倍も辛くなっていただろう。科学を教え、実験を重ねて、ここで過ごす時間を短くしてやったのさ」

「お手伝いできることはなかったのでしょうか？」

「何もない。今は待つしかないが、お前は待つことを知らんからな」

「それでも……」

「自分自身をよく見るがいい！　手は震え、顔は火照り、目は正気を失った人間のようにうつろだ。そう！　わしはお前自身よりもお前をよく知っている。だから、ふさわしいやり方でやってきた。そして、今はどうだ？　準備は万端、必要な資材も揃った。あと少しで丈夫な梯子が作れるし、ここを出たあとで身を潜める安全な場所も心当たりがある。騎士よ、一カ月後には自由の身だ」

　サント＝クロワは喜びに打ち震え、エグジリを両腕にひしと掻き抱いた。

「おお！　わが友、わが師、わが恩人、先生のためならわが血をすべて捧げましょう。先生は俺に科学を教え、恐るべき力を持つ強い人間にし、父が子にするように接し、自らの忍耐と勇気のたまものを分け与えようとしておられる。おお！　感謝いたします、千回でもお礼を申し上げましょう。マドレーヌ、愛しい人！　もうすぐ会える、また喜びが味わえる。愛と復讐、二重の喜びが！」

「ただし、われわれには石を動かすという難題が残っておる」老錬金術師は弟子の有頂天ぶりに苦笑しながら言った。

「できないとでも思うのですか？　石がわれわれの力に屈するかどうか、本気で心配しているのですか？　おお！　俺は少しも心配していません……」

その言葉を聞きながら、エグジリは寝台のカバーを外した。マットレスを開くと、中にはさまざまな布がいっぱいに詰められている。二年近くもかけて集められたものだ。

「これがわれわれの財産だ」

二人はすぐさま仕事に取りかかった。

サント＝クロワにとって、時間は飛ぶように過ぎた。

ただ、夜だけが耐えがたい長さに感じられた。

騎士は眠れなかった。目を閉じれば、恐ろしい幻が眠りを襲い、夢を見れば、いつも恐ろしい悪夢なのだ。

夢の中で、彼は地下で石を動かそうとして果たせず、疲れきっている。石は梃子でも動かず、しまいには彼の胸の上に落ち、その重みで体が押しつぶされる……。

別の夢では、彼はまさにバスティーユの城壁の上に立っている。あらゆる障害を乗り越えたのだ。長官の庭に立つ歩哨から目と鼻の先を、見られずに通ることができたのだ。梯子をしっかりと掛けて巨大な城壁を下り、もうすぐ地面に触れる、自由の身だ……。ところが、兵士に囲まれ、捕らえられてしまう。

そこで目が覚めて飛び起きる。額は冷たい汗で濡れている……。

同房者もあてにはならなかった。何事にも動じないイタリア人は深い眠りに落ちているか、あるいはそのような振りをしている。

惨めな気持ちで寝台に座り、じりじりしながら夜明けを待つ。脱出のための作業を再開するために、日の出を待っている。

食事もほとんどとらず、自分が何をしているかもわからない有り様だ。

「まるで自殺行為だ」エグジリは度々騎士に言った。「そんなことではまいってしまう。こらえ性がないために苛々して、疲れ果てている。いよいよ肝心なときに、力が出せんぞ」

「まさか。苛立ちはここを出るまでおさまりません」

以前のサント＝クロワは、牢番が毎日食事を届けに訪れるのを一種の喜びと感じて待っていた。牢番は、長いこと隔離されている外の世界を思い出させ、生者の世界と死者の世界をつなぐ糸のようなものだった。

しかし、今では牢番の訪れに我慢できなくなっていた。その度に少なくとも三十分がつぶれてしまうからだ。

それまでは、牢番に話をさせるのが好きだった。牢番をできるだけ引き止め、バスティーユの詳細や、ベズモー長官や他の囚人について聞き出していたものだ。しかし、脱獄のことしか頭になくなってからは、話すどころか答えるのも面倒で、眠った振りをするのだった。

牢番もさすがにこの変化に気づき、心配した。

「騎士殿はどう見ても病気ですな」牢番はエグジリに言った。

「牢獄のせいだ」とイタリア人が答える。

「そうかもしれねえ。慣れてきたようだったが」

「そう見えただけさ」

「ああ！　あんなふうにふさぎ込んで病気になっちゃいけない、何にもならんし、雰囲気が暗くなる。

何が気に入らんのかね、自由がないだけで！　足りないものはないはずだが」

「実のところ、その足りないものが問題なのだ」

「諦めちまえばいいのに？　ここの囚人たちは皆、どうかしてますよ。いったいどんな病気に取り憑かれて、あんなに自由を欲しがるのやら。それなしでは生きられないみたいに！」

「わしも騎士にそう言っているのだが」

「まったくだ。葡萄酒の量を増やすよう長官殿に頼んだらどうかね？　気も晴れるだろうよ」

「そう勧めてみるよ」

「それでも、先生と一緒だから、運のいい人だ。重い病気になっても、先生が治してくれる」

牢番が出ていくと、騎士が叫んだ。「あの男のつまらないおしゃべりには、うんざりだ」

「騎士よ、あの牢番がいくらボンクラでも、そのうちわれわれの計画に気づかないとも限らんぞ」

「ふん、あんなやつ、くそくらえ！　俺は貴方の弟子ですからね、エグジリ先生。先生のように、自分の自由を守る術を知っていますよ」

「あの空っぽな脳みそに疑いが芽生えたと見たら、ただちに、あの口を二度と開けないようにしてやる」

それでも、作業はゆっくりとだが休みなく続けられた。エグジリの計算では、梯子はもう必要な長さに届きそうだ。

二人の囚人は、完成品のあらゆる部分について、念には念を入れて強度を試した。どちらの体重をかけるにしても、その十倍は支えられそうだ。楽に下りられるよう、ところどころに大きな結び目が作られている。

最後に、手元にあった二片の鉄材を曲げて、すこぶる丈夫な鉤《かぎ》にした。

いよいよ、サント＝クロワとエグジリは逃亡までの日数のみならず、時間を計算するまでに至った。細部まで確認し、取り決めた。決行の直前に寝台の一つを壊し、地下の石を外すための梃子にする手筈だった。

脱獄決行を明日に控えたある日の午後、準備の仕上げをしていると、扉の錠前が軋む音がする。

二人は慌てて、見られてはまずい物をすべて隠した。

「こんな時間に来るなんて、一体何だろう?」サント＝クロワがつぶやく。

「ろくなことではあるまい」エグジリも同じ調子で言う。

牢番が入ってきた。

「いい知らせと悪い知らせだ。騎士殿にとっては吉報だが、お仲間にとっては悪い知らせだ」

「別々の房に入るのか?」エグジリが心配して問う。

「いやはや！　それだけならよかったが！　騎士殿を書記課へ連れて行くよう命じられた。今夜、釈放だ」

「釈放！」サント＝クロワが叫ぶ。感情が高ぶったせいで顔が青ざめている。「釈放！」

そして、力の入らない両腕で空をつかみながらよろめき、寝台に倒れ込んだ。

「おお！　神様！」牢番が叫ぶ。「死んじまった。きっと喜ぶと思ったのに。なにしろ大ニュースだ、もっと用心して知らせてやればよかった」

エグジリは別の感情に打ちひしがれてうつむき、何も答えない。

「いや、ありがとう。何でもない」サント＝クロワが言う。「大丈夫だ。めまいがしたが、もうよくなった。行こう、後について行くから」

そう言うと、起き上がろうとした。

「ほう！　わしには一言の挨拶もなしか？」エグジリがつぶやく。

サント＝クロワには聞こえないらしい。

「行こう」騎士は牢番に繰り返す。「行こう。ここを出よう……」

「いやあ、悪いが、騎士殿」牢番が答える。「その前に他の房に用があるんだ。早めに知らせて、仲間と別れを惜しむ暇を作ってやろうと思ったのさ」

「いや、ぐずぐずしないでほしい。ここは息が詰まる……」サント＝クロワは言い募る。

「騎士殿、心配は無用だ。戻ってくるから」

そう言うと、牢番はあたふたと鍵を締めて出ていった。

サント＝クロワは同房の仲間の存在をすっかり忘れたかのように、錠前に耳を押しつけてつぶやく。

「足音が遠くなっていく、もう階段だ。下に下りていくんだ。ああ、神様！　もしも戻ってこなかったら！」

「戻ってくるさ、大丈夫だ」エグジリが沈んだ声で言う。

その声が、騎士を物思いから引き戻したようだ。騎士は、ほんの少し前まで救い主と呼んでいた相手を見つめた。

「すみません。許してください、エグジリ先生。喜びのあまり、とんだ恥をさらしました。すっかりわれを忘れてしまった。思ってもみなかったことが起きたせいだと思ってください。自由の身になれるとは！」

「そう。お前が自由になるせいで、わしは未来永劫、獄中で過ごすのだ。お前はそのことを忘れていたな」

「さっきも言ったとおり、他に弁解の言葉もありません。先生、どうかお許しを。俺の心は……」

「お前を許さないわけはない」そう言うエグジリは明らかに、平静を装っているだけだ。「身勝手になるのも無理はない。幸せな人間はそうなるものだ。お前にとっては扉が開かれる。後に残る者のことなど知ったことではないのさ」

「おお！　意地の悪いことを言わないでください」

「人間がどういうものか、経験から知っているつもりだ。自分の行く末を嘆こうとも思わん」

「悲観し過ぎです。脱獄の準備はもう万端だ。俺が手助けすることになっていたが、他の誰かが手助けしてもいいでしょう。きっと近いうちに新しい仲間ができます」

「仲間はもうたくさんだ」

サント＝クロワは一瞬苛立ち、すぐにそれを抑えたが、エグジリは見逃さなかった。

「わかるさ、わしのせいで気まずいのだな」

「俺がどれほど先生を慕っているかは、よくおわかりでしょう。先生のためにできることがありますか？　ここから出たら、先生が釈放されるよう策を練りましょうか？」

「無駄だ」

「そんな！　では、どうすれば？」

「よく聞くんだ。牢番が恵んでくれたわずかな時間を、無駄話で使ってしまってはもったいない。わしのために、お前は何でもできる」

「それは買いかぶり過ぎでしょう」

「いいや。ただ、心配はいらない。わしの頼み事は、お前にとって危険なものではない」

「何ですって！　もしや……」

「たしかに、ここへ戻る羽目になることはしたくないだろう。当然だ」

サント＝クロワは反論しようとするが、イタリア人がそれをさえぎる。

「急ごう」エグジリは決然と、簡潔に言う。真の力を持つ男が、危険が迫るなかで大きな決断をしたことが、その口調からうかがえる。「時間がない。これから言うことをしっかり頭に入れてくれ。もうバスティーユには飽いた。お前が去れば、牢獄がこれまでの百倍も辛くなるだろう。ここに居続けたくないし、房を分かち合う仲間を待つのもごめんだ。わしは明日、自由になる。さもなければ死ぬ」

そう語りながら、イタリア人はサント＝クロワをひたと見据えた。騎士の胸の奥底に秘められた思いを見抜こうとでもするように。

「わしの毒のことは知っているだろう。あの気の毒な牢番を実験台にしたときのことを、覚えているな？」

「何をおっしゃりたいのです？」

「今夜、実験台になるのはわし自身だ」

「ご自分で毒を！　先生、そういうことですか？」

「それしか手立てはない。あの毒はお前も知ってのとおり、最強の麻酔薬だ。説明しなかったかな？　あれを飲めば、二十四時間以上、見破られる心配なくこの世からおさらばできる。だから、今夜、わしは死んだことになる……」

「それが、どうして自由を取り戻すことになるのです？　落胆のあまり混乱しているのでは？」

「明日、看守が二人、わしの屍をさっさと墓場へ運ぶだろう。世間から忘れられて久しい囚人の遺体は、あまり深くは埋められない。穴を形だけ掘って、死体を放り込み、その上にシャベルで何杯かの土をかけるだけだ。

そして、牢番たちは酒場に一杯やりにいく。それで、おしまいだ」

「それはたしかですか？」

「牢番がそう言うのを何度も聞いた。さて、もしも、その墓場に一人の友人が現れ、あの液体を、死んだと見えた牢番を数滴で生き返らせた飲み物を、携えていたら？」

「ああ！」サント＝クロワが叫ぶ。「先生の考えはわかりましたが、恐ろしい」

「その友人は急いで墓穴を掘り返し、死体が入った袋を切り裂いて、その喉に霊薬を数滴流し込み、わしをこの世へ連れ戻す」

「しかし、その方法は恐ろしい。背筋が凍ります」

「これがただ一つの方法で、わしは自由を望むのだ。さて、騎士よ、その友人になってくれるかな？」

「いいえ、とんでもない、まっぴらです。この世の誰よりも慕う相手の命をそんな危険にさらすなんて、できません。お断りします」

「仕方がないな。それなら、誰もわしの墓を訪れないというだけのことだ。わしの体は、明日はもうバスティーユにはない」

「先生、わかりました」サント＝クロワは感情をひどく高ぶらせて言う。「明日、墓場へまいります」

「わしは必ずそこにいるからな、騎士よ。だが、とにかく急いでくれ。墓掘り人がいなくなったらすぐに駆けつけ、あの解毒剤を牢番に飲ませたやり方を思い出すのだ」

そして、エグジリは毒薬の隠し戸棚から小瓶を取り出し、騎士に渡した。

「これはわしの命だ」エグジリは厳かにそう言い、騎士の目をじっと見た。「わしの命はお前に預けた。他の皆にとっては、エグジリは今夜、生を終える」

イタリア人が至上命令を騎士に伝え終えたとき、牢番が戻ってきた。

「用意はいいかい、騎士殿？」牢番が尋ねる。

サント＝クロワはエグジリの腕の中へ飛び込む。

「さようなら、先生、わが友。さようなら」そして、声をぐっと低めて言った。「では、明日！」

「明日！」イタリア人もつぶやく。

錠とかんぬきの陰鬱な音と共に、扉は再び閉じられた。

恐るべき錬金術師は独り残され、心が乱れるままに独房の中を長いこと歩き回る。高揚は去っていた。

今や自分自身と向き合い、死と向き合っているのだ。もう表情を取り繕おうともしない。心をかき乱す深い苦悩が、いつもは無表情な顔から読み取れる。

ときどき、途切れ途切れの言葉が漏れる。

「馬鹿げている、これほど危険な賭けに出るとは。こんなふうに死に挑むとは、神に挑むのに等しい」

そう繰り返し、また気がふれたように歩き回る。

「ええい、ままよ！　長く苦しむより、いっそ一息に死んだほうがいいではないか？　先のことはわからない。いつか病に倒れ、絶望に打ちひしがれて、死の床を囲む者たちに無様な姿をさらさないとも限らん。震える姿も顔面蒼白な顔も見せたことのないこのわしが、恐怖にとらわれるかもしれん。臨終の床で自らを律することのできる者などいるだろうか？　それはわからない。司祭を呼んでくれと頼むだろうか？　ああ！　司祭？　毒殺犯エグジリが！　錬金術師エグジリが！　ドンナ・オリンピアの最高の片腕だった殺し屋が、司祭を頼むのか！……それもわからない。神父に告解を求められ、秘密を洗いざらい吐くかもしれん。そして、目の前に地獄が口を開けるのを見せられ、瀕死の魂をかき乱されて、震える心を惑わされ、頭を垂れて告白するかもしれん。すべてを明かし、神の許しを乞うかもしれん！……何と醜悪な幕切れよ！……」

そう言うと、陰気な笑い声が房内に不気味に響いた。

「駄目だ、駄目だ」毒殺魔は続ける。「もはや迷ったり弱ったりする場合ではない。そうだ！　もし死んだら、最大の謎を早く知るだけではないか。好奇心には犠牲を払う価値がある。よし、賽は投げられた。わしの毒は、他人に使ったときはけっして期待を裏切らなかった。わが命を賭けているときにも裏切らないはずだ」

そして、宝の隠し場所へ急ぐと、小瓶と坩堝を壊して、炉の灰の上に死の妙薬を撒き、毒まみれの灰を窓から捨て、風に流した。

隠し部屋の板石を持ち上げ、残骸をすべて放り込む。完成間近だった梯子もそこに隠した。

その作業を終えると、エグジリは独りごちた。「後からここに入る哀れな奴に脱獄の手立てを残さないのも忍びない。知らせてやろう」

そして、自分の計画の説明を走り書きし、図面も添えて、梯子の端に括りつけた。最後に腰掛けの上に上り、鉄片を使って壁に一言、刻んだ。

「探せ！」

語末から伸びる一本の線が、例の取り外しできる板石に達している。

「さあ、今度は自分のことだ」

言うが早いか、麻酔薬を入れたコップを手に取ったものの、ある考えが脳裏に稲妻のようにひらめき、凍りついた。

「もしもサント＝クロワが現れなかったら！」声がうわずる。

エグジリは長いこと考えた。

慎重な観察者は、騎士と共に監獄で過ごした長い月日の間に気づいた事柄を、細部にわたるまで思い起こす。

さっきまで房を共にしていた男のあらゆる言葉、あらゆる行動を吟味する。それらの裏に隠された意味を分析し、きわめて論理的に結論を引き出した。すべてを考え合わせた末に到達したのは、身の毛もよだつような確信だった。

「いいや、あいつは来ない。もし来るとしても、それはわしの死を確かめるためだ。そうだ！　あいつは、わしが怨霊となって墓から抜け出すのを恐れて、掘り返されたばかりの土を踏み固めるかもしれぬ」エグジリは強い感情に突き動かされ、声に出して独り言を続ける。「そうだ、奴は裏切るに違いない。裏切り者め。そう考えれば、すべてつじつまが合う。あいつはわしに大きな借りがある。だから、わしを嫌う。わしがあいつの手に武器を授けた。だから、その武器をこちらに向けるに違いない。あいつは、わしの科学のほんの一部を教えられただけでつけあがり、自分の力で何でもできると思い込み、世界を征服したつもりになっている。あいつはわしを、友というより師として見ていた。驕る心には、それが面白くない。わしを超えられると信じているから、わしを亡き者にしたがるだろう。自由の身になったわしは、あの男にとって何だ？　共犯者だ。共犯者は消されるのが常だ、それが何の危険もなくできるのなら。わかりきったことだ。つまり、かつての友は今や最大の仇敵になった。卑怯にも息子を捨てた男にとって、友情が何ほどのものか？　まあ、彼の立場だったら、わしも同じことをするだろうが。あいつはわしの弟子、それだけだ。さあ！　用心するがいい、騎士め。遅かれ早かれ、わしは復讐する。わしはまだ棺に入ってはいない。わしのような男は、危険を察したら、必ずそれを避ける。まだ手段は残っているからな！……」

エグジリは房内の唯一の家具であるテーブルを前にして座り、ペンを執って、細かい文字でびっしりと紙の両面を埋めた。

何度も念入りに読み返したあと、一本の小瓶を慎重にその紙で巻いた。サント＝クロワに渡したのとそっくりの小瓶だ。それらをハンカチにきっちりと包み込むと、ようやく落ち着いたらしい。

エグジリの顔にはまたあの皮肉な笑みが浮かんだ。機転を利かせて大きな危機を脱したと言いたげだ。

手紙の表書きには、ただこう書かれていた。

わが息子オリヴィエへ

牢番がいつもの時間に囚人の夕食を運んで現れたとき、イタリア人は寝台に横たわっていた。

「具合でも悪いのかね、旦那？」牢番は心配して尋ねた。

「ひどい気分だ」エグジリが答える。

「落ち込んじゃいけません。仲間がいなくなってしまったが、ベズモー殿がすぐに新しい仲間を入れてくれますよ」

「新しい囚人が来る頃には、ここは空っぽだ」

「そんなことを言っちゃいかんですよ、旦那」牢番は、命の恩人と呼んだ人の寝台へ近づきながら言った。「旦那にはわからんだろうが、俺まで悲しくなっちまう。まあ、気を強く持つこった。そのうち旦那が自由の身になる番が来ますって。美味い葡萄酒でも……」

「気にかけてくれてありがたいが、わしにはわかる。最期の時が来たのだ。わしは老いぼれた。見てのとおり、ずいぶん老いぼれた。長い人生、苦労も多かった。魂はまだ強く、頭もまともだ。しかし、肉体はもう衰えている。この命はもう風前の灯、かすかな風でも消えかねない。思いがけない別れの悲しみが命取りになった」

エグジリは弱々しい声で言う。牢番はほろりとしてもらい泣きしそうになり、大粒の涙を拭った。

「旦那、せめて俺にできることが何かあればなあ！」

「悲しいかな！　わしのためにできることはもう何もない。ただ、わしがお前さんのために喜んでしてやったことを覚えていてくれるなら……」

「もちろんですとも」

「わしが安心して世を去れるかどうかは、お前さん一人にかかっておる」

「そのために、どうすれば？」

「お前さんの仕事、お前さんの自由が脅かされるかもしれん。無理な頼みだな」

牢番は憤然と姿勢を正した。感謝の念と熱意を疑われたように感じたのだろう。

「旦那は、女房の命と、この俺の命の恩人だ。俺の命は旦那のもの、好きなように役立ててくれ」

「そうか!」エグジリはゆっくりと話す。「今日のうちに、この包みをここに書いた住所に届け、宛名の紳士が見つかったかどうか夜までに知らせてほしい。わしがこの世でいちばん愛する者の幸せ、未来、人生がかかっている。できるか?」

牢番は額をこする。考え事をするときの癖なのだ。

「そいつあ随分むずかしいな。旦那も知ってのとおり、俺らも囚人で、バスティーユの外へは絶対に出られない。だが……待てよ、そうだ、そうしよう。女房のところへ兵隊を使いにやって、用があるから来るように言ってもらう。書記課で女房に面会し、旦那の包みをこっそり渡し、一時間以内に戻ってくるように言い、旦那への返事を伝言させよう」

「ありがとう、わが友よ」イタリア人は言った。見るからに、牢番の献身に心を打たれている。「おかげで、死にゆく男のいまわの際が少し楽になる」

「ああ! 旦那、こんなことしかできなくて申し訳ねえ。まあ、この俺も不運な男でさ」

「ほう! 自分の身の上に不満かね、国王陛下の城塞に雇ってもらっているのに?」

「ああ! 女房とガキどもさえいなければ……」

「いなければ、どうする?」

「この鍵束をとっくに投げ捨ててるよ」

「そして、どうするのだ?」

「それが問題だな。バスティーユの元看守なんて、誰が雇うものか。後ろ盾になってくれる人さえいれば！……」

「やりたいことでもあるのかね？」

「ああ！　シャトレ監獄の牢番になりたいんだ。あれはいい仕事だよ！　給金はいいし、役得もある。そのうえ、少なくとも囚われの身じゃない。行ったり来たり、稼いだ金でちょっと仲間と遊ぶことだってできる」

「そうか！　いいか、わしは医者だが、それだけではない。ときに予言もする。教えてやろう。今から三カ月以内にお前の夢は叶うだろう」

「どうかそのとおりになりますように！　俺はいつでも旦那の役に立ちますぜ」

イタリア人はじりじりしながら、使者の帰りを待った。六時の鐘が鳴ってようやく、監房の扉が半開きになった。忠実な牢番だ。

「旦那、お目当ての紳士が見つかったよ！……」

それだけ言うと、人目を気にして急いで走り去った。

エグジリの顔に悪魔のような笑みが広がる。

「騎士よ、果たし合いだ」エグジリはつぶやく。「果たし合いだ、約束を守らなければな」

そして、寝台に腰掛け、恐ろしい麻酔薬を手でしっかりと持ち、唇に運ぶと、雷に打たれたかのようにばたりと倒れた。

＊＊＊

その晩、最初の夜回りのあと、外科医が年老いたイタリア人の囚人の死亡を確認した。
少佐はさっそく翌日に遺体を埋葬するよう命じた。
一人だけ、泣いた男がいた。あの忠実な牢番だ。
牢番は大蠟燭を買い、死者の寝台の前に祈りを込めてともした。

第七章　オリヴィエの恋

ヴィクトワール広場からほど近く、総括徴税請負人事務所からも目と鼻の先に、裕福な聖職者総収入役アニヴェルの壮麗な邸宅があり、見事な庭園が広がる。アニヴェルは、プノティエが敵愾心を燃やすライバルだ。

当時、サントノレ通りとジャン＝ジャック・ルソー通りに挟まれたこの地区からは蓄財家が輩出した。小教区の鐘の周囲に敬虔な信者が集うように、富の神プルトスの神殿にも等しい総括徴税請負人事務所の周囲に、皆がこぞって居宅を構えたのだ。この界隈の通りは今日では狭く暗い印象を与えるが、当時は贅を極めた住居が軒を連ね、富裕層の生活と活動の舞台だった。

目を奪うような贅沢品と美術工芸品で溢れるそれらの館のうちでも、サン＝ロラン領主にしてフランス聖職者総収入役アニヴェル師の邸宅こそ一、二を争う豪邸だったことに、異論の余地はない。

アニヴェルは、みすぼらしいあばら屋が建ち並ぶ広大な土地を財力によって買い占めた。その後、まるで魔法の杖の一振りで地面から湧き出たかのように、広々した庭園が大木の葉陰に出現し、芝生、珍しい花々の植え込み、シデの並木、噴水、彫像の群れが現れたのだった。

この地上の楽園のえも言われぬ静寂を乱すものは何一つなく、外から見えるのは、取り囲む塀を越えて伸びた大木だけだ。総収入役は金の力にものを言わせて、自邸の庭を見下ろす近隣の家々の窓をすべて閉じさせ、自らの城に孤独な主として君臨していた。

ただ一つ、近接する館の屋根に開けられた小さな屋根窓だけが、この聖職者総収入役のオアシスから光を取り入れていた。

この窓に総収入役は一度も目を留めず、気づきもせず、何の懸念も抱かなかった。そもそも彼ほどの金満家にとっては、屋根裏部屋の住人など存在しないも同然なのだ。

さて、ちょうどサント＝クロワ騎士が〈ラッパを吹くムーア人亭〉の戸口で逮捕された同じ頃、ごく若い青年が、この屋根窓を寝室の明かり取りとする小さなアパルトマンを借りに来た。青年の表情は真面目でいかめしく、悲しげでさえあった。

庭園、芝生、大木の木陰の景色が決め手となり、青年は一年分の家賃を前払いした。当時はまだ家主が前払いを求める慣習はなかったが、青年はこのアパルトマンを他の人にとられたくなかったのだ。そして、つましい住まいにさっそく引っ越して来た。

彼はこれほどの幸せを味わったことはなかった。

季節は早春、陽光が暖かさを取り戻し、貧しい人々にとってはこの上ない恵みとなる頃だ。木々も花々も芝生も、四月の快いそよ風に撫でられて新たな命を芽吹かせている。

狭い窓枠に肘をつき、若い間借人は、隣人である総収入役の庭園を神の恩寵のように賛美した。

この屋根裏部屋の貧しい住人も、金満家の幸福に半ば浸っていたようなものではないか。まるで所有者のようにこの庭を愛でられるのだから。

青年は徐々に庭全体を自分のもののように思う癖がつき、よく笑顔でこう独りごちるのだった。僕の木々、僕の芝生、僕の彫像、僕の花々、と。

怠け者の庭師が鋤の上で昼寝をしていれば小声で叱り、植物を根こそぎにするへまな園丁には腹を立てた。ひと月もすると、青年は庭のあらゆる美点をアニヴェル本人よりも熟知するようになった。やがて、窓辺に彼を引きつける庭園の大きな魅力に、さらに甘く、さらに抗いがたいもう一つの魅力が加わった。

ある朝、シデの木陰に、サン＝ロラン領主の令嬢の姿を見たのだ。

金髪の美しい娘だった。足取りは軽く優美で、ほっそりしたうなじは真珠母貝の白い光沢をたたえ、抜けるように白い額を豊かな髪の毛が神々しい光輪のように縁取る。小さく可憐な口元に愛くるしい表情を浮かべ、半開きになったばら色の唇からこぼれるのは、インドの皇妃でも夢見たことがないほど見事な真珠の連なりだ。

深い青色の瞳は、美しい五月の夜の星々のごとくきらめいている。

この世ならぬ美しさに目が眩み、青年は目を閉じた。

再び目を開けたとき、彼女の姿はもう見えず、二十歳前後の男をしばしば魅了する夢想のように、跡形もなく消え失せていた。

いや、夢や幻のはずはない、この世のものならぬあの美しい姿はまた現れるはずだ……。

しかし、それまでの静かな幸福は終わってしまった。

カーテンの襞に半ば隠れて、青年は日がな一日、若い令嬢が庭園に現れるのをひたすら待つようになった。

彼女が現れれば、その姿に恍惚となった。もっとよく見るために、つい数日前まではうっとりと眺めていた木々を全部引き抜きたくなった。生い茂る葉が彼女の姿をしじゅう隠すからだ。

毎朝ほぼ同じ時刻に、令嬢は珍しい植物の植え込みの真ん中に据えた立派な鳥のケージにやって来る！　青年にとって、一日のうちで最も美しい瞬間だ。

彼は令嬢に恋をした。

恋心はすでにあまりに強く、大きくふくらんでいたものの、ほどなく、彼はもう人生が終わったと感じた。心に抱く情熱はあまりに強く、命取りになるほどだった。なぜなら、まったく望みがないからである。

ああ！　あの令嬢はきっともう婚約しているだろう。相手はどこかの裕福な収入役か、金持ちと縁組みして家門の再興をもくろむ大貴族に違いない。

ところで、大胆にもこの令嬢を見初め、全身全霊で愛するようになったこの青年の勇気はどこから湧くのだろう？　彼は何者なのか？

彼の名はオリヴィエ。両親も家族も知らず、友という優しい名で呼べる相手もいなかった。年齢も定かでなく、生まれた場所も正確にはわからない。

ごく幼い頃のぼんやりした記憶の断片をかき集めようとしばしば試みたが、はっきりしたことは思い出せない。記憶に残る幼年時代のいくつかの場面は曖昧で漠然と入り交じっており、前夜の記憶と眠りの間を意識がさまよう夢うつつのように思える。

ぼんやりと覚えているのは、田舎で農民に囲まれて育ったことだ。

目を閉じると今でも目に浮かぶのは、広い街道沿いに建つ藁葺き屋根の小さな農家で、すぐそばには広大な森があった。

最初の遊び友達も覚えている。農民の子供が三、四人、皆かなり貧しくて汚く、ほとんど衣服を身に着けていないような格好で、草の中を転げ回ったり、広い庭の端を流れる青い小川に小石を投げたりしていた。

過去の思い出はそこで終わる。その農家を去る日が来て、そこには二度と戻らなかったからだ。だが、その大切な日のことは見事に心に残っている。人生の中ではっきり覚えている最初の、そして、おそらく最も決定的な出来事だ。

ある朝、とても立派な馬車が農家の前に停まった。豪奢な四頭立てで、前の二頭には御者が乗っている。

年老いた紳士が下りてきて、喉を潤したい、少し休ませてくれないかと頼んだ。二人の従者は彼に最大の敬意をもって接していた。

もちろん、彼の頼みは聞き入れられた。その農家の家族は皆、これほど金持ちのお大尽が自分たちの貧しい住まいを訪れたことに感激し、気前のいい謝礼を期待して見知らぬ客の周りに詰めかけ、先を争って客のあらゆる要望に応えようとした。

しかし、老紳士は彼らには構わず、警戒するそぶりも見せない。超然としたその態度は、丁重な扱いを当然だと思っている人間に特有のものだった。玄関前の東屋の粗末な食卓に数々の皿を並べたものの、客が手をつけたのは苺を何粒かと、一杯の牛乳だけだった。

それから、客は少し離れた所で遠巻きにしている子供たちをしげしげと見た。子供たちは客の身なりの豪華さに目を奪われ、感嘆と畏れに身を固くしている。無言で十五分近くも眺めたあと、客は農家の主とおかみさんと小声で相談を始めた。

見知らぬ客が持ちかけた提案はかなり魅力的だったらしく、貧しい農民の夫婦は揃って歓声を上げ、感謝の言葉をくどくどと述べ始めた。

　紳士がその言葉を封じ込めるように、卓上にかなりの重さの巾着を置くと、農夫はひったくるようにつかんで放さなかった。

　おかみさんのほうは、小さなオリヴィエの手を取って客のほうへ引き寄せた。オリヴィエは彼女を他の子供たちと同じようにかあちゃん《ママン》と呼んでいた。

「旦那さんに天のお恵みがありますように。息子や、この立派なお方をよくごらん。お前を幸せにしてやりたいとおっしゃるんだよ。うちは貧乏でお前を育てきれないからね。この小父さんが一緒に連れて行ってくれるとさ。きれいな服を着せて、いいものを食べさせてくれるよ。だから、ありがたく思って、お利口にして、この人をお父さんのように大切にしなさい」

　その言葉は子供の想像力を強く刺激し、青年となった彼の耳に今も響いているような気がする。だが、実際に発せられたときには、酷い判決と感じられた。何も理解できないながら、あの農家を離れ、父や母や兄弟と呼ぶ人たちと別れ、二度と会えないこと、このいかめしく気難しそうな見知らぬ男についていかなければならないことはわかった。

　オリヴィエは泣き叫び、小さな手で農婦にしがみつき、ありったけの力でもがいて、連れ去られまいとした。

　だが、幼子が精いっぱい抵抗しても無駄だった。従者が二人がかりでオリヴィエの体を抱えると、すでに紳士が乗り込んでいた馬車へ運ぶ。馬車の扉が閉まり、鞭が振り下ろされ、馬たちは速歩で駆け出す。

　子供は長いこと、座席のクッションに顔を埋めて泣いていた。しかし、その年齢では、どんなに大きな悲しみもほどなく消えるものだ。涙が涸れると、少し大胆になって、自分を家族から不意に引き離した男の顔を、少し開いた指の間から覗き見た。男は優しく善良そうに見えた。

そのとき、オリヴィエをずっと見つめていた男は彼を自分のほうに引き寄せ、膝の上に乗せて、巻き毛を掻き分け、額に優しく接吻した。

「泣くのはおよし、坊や」と優しく言う。「お前を大切にするよ、わかるだろう？　わしと一緒に来るほうが、さっきさよならしてきた貧しい家族といるよりずっと幸せになれる。わしは大金持ちだ。いくらでもお金がある。お前は今日からわしの息子だ。望みを言いさえすれば、すぐにそれが叶う。さあ、お父さんと呼んでくれないか？」

農家の思い出、母と呼んだ人の思い出が心をよぎり、可哀想な子供はまたしゃくりあげ始め、泣き叫んでぐずった。

「かあちゃん！　かあちゃん！　かあちゃんのところへかえりたいよう」

「ああ！」老紳士はつぶやく。「この幸せな年頃には、悪い性分は子供の心の中にまだ眠っている。それでも、芽さえあれば、必要なときに目覚めさせることができる」

そして、幼い道連れの頭をまた撫でた。

「名は何というのかな？」できるだけ優しげな声で問いかける。

「オリヴィエ」

「そうか！　可愛いオリヴィエ、新しい暮らしの手始めに、きれいな服を買おうじゃないか。大きな町に着いたからな。さあ、涙を拭いて」

馬車は今しも、かなりの速度でコンピエーニュへ入った。最高級の宿屋の前で停まると、事前に使者を送ってあったらしく、宿の主人が帽子を手に戸口に立って待ち構え、恭しくお辞儀をして、用意してあった続き部屋へ案内した。

半日も経たないうちに、老紳士は金に糸目をつけずに幼い秘蔵っ子の身支度をしてやった。

念入りに精油の芳香をつけ、理容師に髪を整えさせると、その日の夕方には、オリヴィエは宮廷の大貴族の世継ぎとも見紛うばかりとなった。というのも、彼のまとった小さな衣装には絹、ビロード、レースが惜しげもなく使われていたからだ。

身支度がすっかり整うと、老紳士はオリヴィエに言った。「自分の姿を見てごらん。ほら、もうお前のいた農家や着ていたぼろ着が恋しくなくなってきただろう？　お前と遊んでいた農家の子たちにも、もう見向きもしないだろうよ」

「いいや！　ぼく、あのこたちがすきだもん。あそこへかえりたいよ」と哀れな子供は答える。

紳士は顔をしかめた。どうもその答えが気に入らないらしい。

「ひょっとしたら、思いがけず善良な性分に当たったのか？」ぶつぶつとつぶやく。「悪徳をけっして身につけない、選ばれた数少ない人間、生涯、悪に染まらずに生きていく人間なのか？　いや、や！　もしそうだとしたら、何と珍しく妙な引き合わせであることよ。ええい、ままよ！　それはそれで面白い研究材料だ。気散じにもなろう。わが庇護の下で善人が育つとすれば、それこそ奇跡ではないか？　よし、この子の性分を変えるようなことはすまい。よくも悪くも本能に従うまま、自由にさせよう」

その夜、贅を尽くした夕食にもオリヴィエはほとんど手をつけなかった。まだ胸がいっぱいだったのだ。侯爵は馬を出すよう命じた。

この命令に、宿の主人はがっかりした。新たな客の金離れの良さに感服し、自分の宿には過ぎた客だと思いながらも、せめて数日は滞在してほしいと願っていたからだ。

周囲の田園の魅力、宿の美点、寝床の柔らかさ、料理長の腕を主人がいくら語っても、旅人は耳を貸そうとしない。

馬をつないだ馬車は、謝礼をたっぷり受け取った御者を先頭に、ほどなく走り出した。

この忘れがたい一日は細かい部分まで記憶に刻まれており、この日以降の人生についても、オリヴィエは難なく思い出すことができる。何一つ忘れてはいない。

それでも、自分の周囲にそこはかとなく感じられる奇妙な謎が何なのか、まったく解明できず、そのせいで苦しんでいた。

見当をつけた限りでは、彼の保護者はイタリアの大金持ちの大貴族らしく、フロランツィ侯爵と呼ばれている。

無表情な顔、冷ややかな印象を与える目鼻立ちは年齢不詳だ。年の割に老けているようにも、かくしゃくとして死ぬまで老衰とは無縁の老人のようにも見える。

侯爵は最初から優しく偉ぶらず、愛情深いとさえ言える態度でオリヴィエに接し、本気で親代わりになろうとしているように見えた。実に細やかに気を配り、母親のように思いやり、大貴族がよくするように、金で雇った召使いに子供を預けっぱなしにすることはなかった。

オリヴィエのほうでも、すぐにこの庇護者になつき、愛に満ちた魂の力をすべて注ぐようになった。ほんの数カ月で、農家の思い出はほとんど忘れてしまったのだった。

オリヴィエにとって、人生はこの見知らぬ人の馬車に乗せられたその日から始まった。

知力が旺盛に伸びるにつれて、幼い頃の不確かな記憶は薄れていき、今の庇護者を呼ぶのと同じように、父という優しい名でかつては別の人を呼んでいたことも、ほとんど思い出さなくなっていった。侯爵につき従い、オリヴィエはフランスとイタリアを旅して回った。フィレンツェに数カ月滞在し、その後、ヴェネツィアで冬を過ごし、ようやく侯爵が所有するローマの邸宅に落ち着いた。

フロランツィ侯爵が永遠の都に構える豪邸は、所有者の富が評判に違わぬものであることを十二分に証明していた。

何世代にもわたって各時代の最高の贅沢品と美術品が集められ愛でられてきた、豪壮な邸宅である。家具、絵画、壁掛け、貴重な武具、繊細な彫刻を施した戸棚、粋を極めた彫金細工の銀器、彫像、宝石等々、イタリアでも最高峰の美と富を集めた奇跡的なコレクションは、卓越した目利きでさえ感嘆の声を禁じ得ないものだった。

しかし、そうした目を奪うような品々の所有者は、だいぶ前から所有物に無頓着になっていたようだ。どれほど価値があるかにも無関心で、数少ない幸運な客は、美麗な品々を見た驚きをもっぱら子供のオリヴィエに語るのだった。

侯爵が客を迎えることはめったになかった。ほとんど世間と交わらず孤独に暮らし、外出するのは夜だけだ。昼間は一日中、埃だらけの手稿や書物に埋まった広い図書室にこもっている。図書室には棚板で隠された小さな扉があって実験室のような部屋へ通じ、そこからはときどき奇妙な香りや、鼻を突くきつい臭いの煙が漏れていた。

オリヴィエは毎朝、その図書室にやって来て、父と呼ぶ人に挨拶の接吻をした。ときには午後もその部屋で遊んで過ごした。

邸宅では大勢の使用人が忙しく立ち働き、オリヴィエにかしずいて、どんな小さな欲求もたちまち叶えられるのだった。外へ出たければ、すぐに馬が馬車につながれた。遊びたければ、広大な庭園と、最新流行の玩具でいっぱいの部屋がいくつもあった。

イタリアきっての優れた教師たちがあらゆる分野にわたりオリヴィエの教育に当たったが、彼らの仕事はきわめて楽だった。オリヴィエは一を聞いて十を知る生徒だったからだ。彼の知能はいわば肥沃な大地で、農夫が蒔いた一粒の穀粒から百倍の収穫が得られるのに等しかった。

ローマで、彼は十一歳になった。周囲の誰もが彼の目覚ましい成長ぶりと、早くも成熟した理性を賛美せずにはいられなかった。

こうして、オリヴィエは憂いのない幸せな生活を送っていた。ところが、ある夜、侯爵が寝台の足元に立って言った。

「息子よ、起きて私と一緒に旅立つのだ。愛するイタリアの青い空に別れを告げなさい。この屋敷にも、素晴らしい美術品にも、お前の周囲のものすべて、お前が愛するすべて、おそらく二度と再び見ることのないものすべてに、別れを告げるのだ。ここを出なくてはならない」

そう言う侯爵の顔は様変わりしていた。声に高ぶった感情が表れ、目尻には涙が震えている。

子供はすぐには答えず、愛する養父の首に小さな両腕を回した。

「お父様と一緒なら、何の悔いもありません」と、オリヴィエは侯爵に接吻しながら言った。

「可哀想なオリヴィエ！」子供を胸に抱きしめながら侯爵が言う。「この世で愛するのは生涯お前だけだということを、神様もご存じだ。お前の可愛い声、無邪気な愛撫は、わしの心を幸せで満たすと共に、後悔でかき乱す。ああ！　どうしてもっと早く、心に秘めた愛の宝をお前にすべて注がなかったのか？　お前に会うまで、誰も愛さなかったこの心の愛を！」

養父の感情の高ぶりと言葉の激しさを理解できずにオリヴィエが驚き、怯えて泣きそうになっているのを見て、侯爵は静かな口調で言葉を続けた。

「息子よ、恐れることはない。わしの人生がどんな苦難に見舞われようと、あらゆる犠牲を払ってお前の人生を守る。この心を萎えさせ枯れさせた悪の力を、お前に触れさせるものか。わしがずっとお前を支え、守る。近くにいようが遠くにいようが、お前の盾になる。人生のすべてをお前に捧げよう。お前にはそれだけの、いやそれ以上の恩がある……」

そのとき、奉公人たちがやって来た。

オリヴィエは大急ぎで着替えさせられた。

価値ある品物を手当たり次第に箱に詰めていく。

従者たちは怯え、混乱し、何をしていいのかわからずに右往左往している。

それは出発ではなく、逃亡だった。

支度が整い、豪邸を去るとき、侯爵は信頼する年輩の従僕を呼んだ。最初の日から専任としてオリヴィエの世話を焼いてきた従僕だ。

侯爵は彼に扉をすべて閉めるよう命じ、口の軽い使用人に聞かれていないことを確かめると、話し始めた。

「コジモ、周りは危険と罠だらけだ。もうドンナ・オリンピアもなす術がない。明日になれば、この館にも民衆がなだれ込んでくるだろう。嵐が来る前に、逃げることにした。それでも、どうなるかわからない……逮捕されるか、殺されるか、投獄されるか。おそらく、もう短刀を手にわしを狙っている人間がいるだろう……」

「おお、旦那様！　そんなことをおっしゃらないでください」気が動転した従僕が、口ごもりながら答える。

「コジモ、お前は誠心誠意尽くしてくれた、そうだね？　これまで数えきれないくらい、その証を立ててくれた……」

「おお！　必要とあらば、私の血さえ……」

「わかっておる」侯爵はきっぱりと言った。切迫した危険を前に覚悟を決めた男の声だ。「ずっとお前を頼りにしてきた。だから、自分の命の千倍も大切なこの子を、お前に託そう。お前自身、この子を愛していると、何度も言った。わしが何らかの理由で姿を消したら、この子がお前の息子、お前の主人となろう。何があってもこの子を守ってほしい、私の過去からも……それが知られるようになったときには……。そして、お前の目が黒いうちはこの子が髪の毛一本失うことのないように」

年老いた従僕は、象牙の磔刑像に手を伸ばす。像の白さが、壁の豪華な額に張られた黒いビロードにくっきりと映える。

「坊ちゃまのためにだけ生きることを誓います」

「ありがとう、わが旧友よ。さあ、この紙入れを取るがいい。われらの息子が父を失う日が来たら、それを開くのだ」

そして、侯爵は黒っぽい大きなマントを肩に羽織り、オリヴィエの手を取って館の裏口から出て、通りをいくつも曲がってローマの市門にたどり着いた。何人かの奉公人が悲嘆に暮れながらつき従う。街外れで、地味な馬車が逃亡者たちを待っていた。一行が乗り込み、難を逃れた財産を積み込む。

そして、馬車は出発した。

侯爵の不吉な予言は外れ、追っ手に捕まることなくナポリまでたどり着いた。

ナポリに潜伏していると、五日目にコジモが主人に知らせを持ってきた。イギリス船の船長が、彼らをフランスの港まで運ぶことに同意したという。

しかし、同時に悪い知らせももたらされた。人相の悪い男が三、四人、侯爵たちが隠れている家の周りをうろついていたというのだ。密偵に違いなく、出航を急がなくてはいけない。

だが、彼らを乗せてくれる船まで、どうやってたどり着けばいいだろう？

侯爵と従僕の間で長い議論が交わされた。隠れ家から一緒に出かけることはできなかった。男二人と子供一人の姿を見られた途端、密偵の疑念は確信に変わるだろう。

コジモは、主人が先に出発するよう提案した。危険が迫っているのは彼だけだからだ。

侯爵は、オリヴィエとコジモの安全が確保されなければ出かけないと断言した。

結局、かなり長いこと話し合った末に、夜の帳が下りたらすぐに、まず侯爵が出発し、イギリス船のボートが迎えにくる場所を目指すことになった。オリヴィエとコジモは三十分後に出発し、侯爵が逃げおおせたか確かめる。侯爵は無事にボートまでたどり着いたら船灯をともす。養子と従僕もボートに乗り、侯爵に合流する。

そういう計画が立てられた。

侯爵は隠れ家を出た。オリヴィエとコジモは少し後で出発し、別の道を行った。長いこと岸辺をさまよいながら、少年と老人は誰よりも大切な人が送る合図を懸命に探した。

二人は二時間以上、合図もなく静まり返った水平線を見つめた。

「よくないことが起きたのかもしれません」コジモがつぶやく。「まさか、もう命を落とされているのでは？　なにしろボートが予定の場所に見つかりません！」

コジモは引き返して侯爵を捜そうと言い出したが、そのとき、幼い連れが歓声を上げた。

「見て、ほら、合図が！　お父様は無事だ！」

たしかに、船尾に灯をともした小さなボートが闇の中を音もなくこちらへやって来る。

コジモとオリヴィエは岸に係留したボートに急いで飛び乗り、侯爵に合流した。

差し迫った危機からは脱することができた。

二カ月後、逃亡者たちはパリで、王立庭園から遠くない郊外の小さな館に身を落ち着けた。

それから数カ月は、一見静かな生活が続いた。侯爵はまた普段どおりの生活と研究に戻り、オリヴィエはローマの豪邸に住んでいたときと同じように幸せで、明るくのどかな気分を取り戻していた。

ある朝、フロランツィ侯爵は養子を呼んで告げた。

「オリヴィエ、お前と離れなければならなくなった。かなり長くなりそうだ。理由はいつかわかるだろうが、とにかく、どうしても行かなくてはいけない。お前のことはコジモに託す。彼が父親代わりになってお前の傍にいてくれる。お前の生活と行く末は安泰だ。裕福ではないにしても、必要をはるかに上回るだけのものは用意した。勉学に励み、良心に従い、一人前の男になるのだぞ」

「いやだ、いやだ、絶対に！」オリヴィエは涙にくれて言った。「父上と離れるのは、もういやです」

「仕方がないのだ、息子よ」侯爵は重く悲しげな声で続けた。「お前がこの年老いた相棒のことをずっと覚えていてくれると考えるだけで、わしは幸せだ。できる限り、便りをする。わしに便りを届ける手筈はコジモが整えてくれよう。さあ、別れの時が来た。この家はお前にとっても安全ではなくなる。コジモがパリの別の地区に住まいを見つけてくれた。今夜にもそこへ引っ越しなさい」

侯爵はなおもあれこれと助言を与えたが、それは義理の息子にどれほど愛情と思いやりを持っているかの証であった。いよいよ永きの別れを告げる時が来た。

侯爵の最後の言葉を、オリヴィエはけっして忘れない。自らの出生の謎をほのめかす言葉だったからだ。

「わが息子よ、わしはお前の実の父ではない。父親に負けないくらい愛しているが。わしにお前を託した人たちも、お前の両親ではない。彼らもお前の家族を知らない。ある日、見知らぬ男がお前を彼らに託し、その後、二度と姿を見せなかった。親切な彼らは慈悲の心からお前を育てたのだ。いつかまた安全に会える日がくれば、そして、わしの愛情だけでは不十分となれば、そのときは、お前の家族を捜そう。二人で捜せば見つかるだろう」

その日以来、オリヴィエはフロランツィ侯爵に会っていない。

ごくたまに、どこから来たとも知れない短い手紙をコジモが若い主人に渡し、返事を書くように言った。

オリヴィエはその言葉に従って返信を書き、年老いた従僕に渡す。手紙は侯爵に届いているのだろうか？　彼にはわからない。

もう何度となく、そのことでコジモを質問攻めにしてきた。侯爵がどうしているか、隠れ場所はどこか、どうしたら近況がわかるか、どうすれば返事を届けられるか教えてくれと、懇願したのだ。

手を替え品を替え、なりふり構わずに頼んでも、コジモは無言を貫くか、ごく短い答えを返すだけだった。

「申し上げられません」

あるいは
「何も言わないとイエス様に誓いました」

オリヴィエは諦めるしかなかった。忠実な召し使いを悲しませているのがわかり、そうした秘密について尋ねるのをいっさいやめた。ただ、それらについて考えるだけで、胸がひどく締めつけられるのだった。

そして、何年もの年月が穏やかに流れた。辛い経験と不幸せは、オリヴィエを年齢よりも早く大人にした。

ただ、コジモの他に友はなく、オリヴィエは思索の中だけに生きているようなものだった。過去あるいは未来に生きる彼にとって、現在は重過ぎるように思えた。

この世の真の幸福である肉親の情にまったく恵まれなかったせいで、オリヴィエは自分の殻に閉じこもりがちだった。それでも、氷のような印象、素っ気ない言葉の下に熱い魂を隠し、すべてを捧げて愛する心を秘めていた。

頑なにも見える内気さ、正当な自尊心、孤独な境遇への多少の恥じらいから、オリヴィエは同年代の友人を作ろうとしなかった。目上の者にも目下の者にも慣れ親しもうとしなかった。目下の者に対しては自負心が、目上の者に対しては自らの地位と財産のなさが邪魔をした。

独りで生きると決めてからは、野心だけが熱い魂の情熱の源となった。と言っても、重い罪を犯させるような暗く不吉な野心ではなく、自らの将来を理想に向かって堅実に見つめる、寛大で開かれた野心である。

神の慰めでもある勉学が、心に秘めた渇望を満たした。

オリヴィエは立身出世を目指して勉学に励んだ。無名だから、名を上げたかった。地位も、庇護者も、縁故もなかったから、地位が欲しかった。苦しみや望みを吐露できる仲間さえなかったから、家族が欲しかった。

十七歳になると、軍隊に入りたがった。

「これだけの勇気と知識があれば、三度も戦《いくさ》に出れば、戦死するか、立派な階級が手に入るだろう。戦いが始まれば、戦場には勲章や肩章や貴族になるための勅許状をもらえる機会が山ほどある。僕は血を流すことで貴族になってみせる」

しかし、コジモはこの決意に難色を示した。侯爵は賛成しないだろうと、若い主人を諭した。侯爵はいつか戻ってくるかもしれない。そのとき、もし最愛の息子が戦死していたら、晩年に何の慰めも残らないではないか！

理路整然と説かれてオリヴィエも折れ、仕方なく司法の道を目指すことにした。だが、それにしても、まずは庇護者が必要だ。

コジモがあらゆる困難を排除した。どんな伝《つて》を使ったかはわからないが、年老いた従僕が密かに手に入れた推薦状のおかげで、オリヴィエはモンドリュイ閣下の秘書となることができた。モンドリュイはシャトレ裁判所の裁判官、高等法院のメンバーであり、当時の司法官のなかでも最も尊敬を集める人物の一人である。

覚えるべきことは多く、しかも早く覚えなくてはいけないと焦ったオリヴィエは、新しい仕事に全身全霊で打ち込んだ。

煩雑な調査も、幾晩も続く徹夜も、辛いとは思わない。無味乾燥な法学に、情熱のすべてを傾けた。

コジモは若い主人のあまりの刻苦勉励ぶりに恐れをなし、モンドリュイ閣下の下で働けるよう手を尽くしたことさえ後悔するようになった。そして、オリヴィエに少し休んでくださいと懇願した。

「若様のなさっていることは、自殺行為です。そんなに勉強ばかりして体を壊しては、何にもなりません。同じ年頃の若い貴族の遊びを少し真似てはいかがです？　若様ならいくらでも楽しめますよ」

「そう思うかい、コジモ？」

「もちろんでございます。若様はお金持ちなのに、お優しい侯爵様がご用意くださった収入の四分の一も使っておりません。われわれの、つまり若様の暮らしはまるで一文無し――いや失礼、言葉が過ぎました。つまり、貧しい一兵卒か不運な書生のような生活だと申し上げたかったのです。これまで舐めてきた辛酸を忘れるためにいくらでもお金を使えるのに、これほどつましく暮らすのは、吝嗇のせいかと思いたくなります。若い美男の御曹司にとって、それは嘆かわしい欠点であります」

オリヴィエは忠実な召し使いの諫言《かんげん》に微笑み、こう返した。

「御曹司と呼んでくれたが、お前は僕の名字さえ知らないだろう。このオリヴィエという名だけで世に出てひとかどの者になれるだろうか？　それとも、自分に何の権利もない称号を盗むのがいいと思うか？　だって、結局、侯爵は僕の実の父でないことを、お前も僕と同じくらいよく知っているだろう。侯爵は僕を農家で拾ったが、その家の人も、どこからか僕を拾ってきた。僕は侯爵からこの手に渡された財産を預かっているだけだ。贈りものは生活のために使わせてもらうが、遊びには使わない。僕に欠けている家名を、財産と共に自ら手に入れるのを邪魔しないでくれ。侯爵は貴族で、一家を成した偉大な人だ。僕も一家を成してみせる」

それを聞いたコジモは悲しげに頭を振り、数日間はオリヴィエへの進言を慎むのだった。けれども、それで納得したわけではない。ただ、若い主人のどんな要求にも無条件に応えるのが習い性になっており、召使いは主人に盾突くものではないと信じているからにすぎない。それに、いくら乞い願ったところで無駄で、若者の固い決心を崩すことはできなかった。

オリヴィエの苦労はほどなく報われることになる。

裁判官に気に入られ、評価されて、すぐに秘書というより友人、右腕となったのだ。

この青年の目覚ましい進歩に、厳格な司法官も最初は驚くばかりだった。まだ若いのに豊富な知識と深い考えと明晰さを兼ね備えていることに気づき、日々、目を丸くしていた。

三年もしないうちに、モンドリュイ閣下はオリヴィエを自らの分身とみなすようにさえなった。そればかりか、何かにつけてオリヴィエの意見を聞き、難しい裁判や込み入った裁判の采配も躊躇なく彼に委ねるようになった。

この名士は行く先々で若い秘書の目覚ましい才知、勤勉さ、忍耐強さといった資質を吹聴するようになり、同僚たちによくこう言った。

「あの青年は遠からず、フランスの司法機関の栄光と希望を体現する一人となるだろう」

まさにこのような状況で、オリヴィエは富豪アニヴェルの令嬢を見初めたのだった。

この恋は彼にとって、当初は何の危険もなさそうに思えた。

「僕はあのひとを遠くから愛そう、兄のように」と彼は独りごちた。「みじめな人間の願望よりもはるかな高みに座する女神として崇めるのだ。彼女は僕の真っ暗な夜を照らす光、わが人生の星だ。心が沈んだとき、心で彼女に加護を祈ろう。彼女は僕が存在することすら知らないが、僕は彼女を見守り、自ら存在を示すのは、万一、人知れぬ献身を彼女が必要とするときだけだ」

オリヴィエは若い令嬢を目で追いながらそうつぶやくのだった。彼女は笑いながら芝生に沿って駆けたり、庭園の菩提樹の長い並木の下を物思いにふけりながら散歩したりしている。

オリヴィエは迂闊にも、自分の情熱が日々強まって勢いを増し、障害に苛立ち、孤独のために気が狂いそうになっていることに最初は気づかなかったが、やがてこの至高の恋人に頭も心も、あらゆる能力も、存在そのものも奪われた。

二週間も経たないうちにそれに気づいたオリヴィエは、どんなに彼女を愛しているかを自覚し、生きているのが耐えられないほど苦しいと思うに至った。

心に燃える炎、あまりに長く抑えられていた熱い情熱が、一気に燃え上がる。

自分自身を抑えることも、愛する人の姿を心から消し去ることもできない。

そして、どうやったら彼女に近づき、彼女と同じ空気を吸い、彼女のドレスにそっと触れ、彼女の声音を聞くことができるかを頭の中で探り始めた。

「いや、僕みたいに不幸な男がそんなことをして何になる?」オリヴィエは怒りに駆られて叫ぶ。「僕が厚かましくもあのひとに目を留めたことが知れたら、罵声を浴びるだけではないか? 収入役の門戸を開き、令嬢との結婚を叶える魔法の杖は二本だけ。つまり、金か、貴族の身分だ。しかし、僕は貧しいし、捨て子だ! せめてフロランツィ侯爵が今も傍にいてくれたら! ……いや! 侯爵に何ができる? そもそも、あの謎めいた人について僕は何を知っている? 湯水のように金を使い、王族でも住んだことのないような豪邸で暮らし、全能の人のように見えたのに、逃亡を余儀なくされ、祖国を離れ、罪人のように隠れ住んで……おお! 罰当たりな! いくら気が動転したからといって、恩人をそしるとは！……おお！　お許しください！　どうかお許しを！　貴方は僕の唯一の友、第二の父なのに。お許しください、僕は情けない男だ。どうかしている。自分を見失ってしまった……」

　オリヴィエは苦しみに押しつぶされ、自らの無力さに気づいて愕然とし、ぐったりとソファに身を投げ出し、滂沱《ぼうだ》の涙を流す。

　命を絶つことも考えた。死……。その考えは魅力に満ちている。極上の安息、砂漠で渇きと暑さのために死にかけている哀れな人に差し出された一杯の冷たい水のようだ。

「でも、死んでしまったら、あのひとに二度と会えない」

　そう考えると、どうしようもない不幸のどん底に落ち込み、もう一片の勇気も持てなくなる。

　毎日そんな発作に襲われ、それが一カ月も続くと、オリヴィエは見る影もなくやつれてしまった。

　将来計画はことごとく頓挫した。愛する人に近づけるわけでもない仕事に何の意味があるだろう？

　オリヴィエは仕事を放棄した。もうモンドリュイ氏の館へも行かない。生きているのはまさに昼間の一時間、アニヴェルの令嬢が庭園を散歩している間だけだった。

　その他の時間は、魂に見放された肉体のようにさまようばかり。

　体を疲労させて思い出を忘れようと、馬を借りて朝から晩までパリ周辺を駆け巡る。夕方、日暮れよりもだいぶ前に疲労困憊して帰宅し、疲れで真っ直ぐに立てないこともあった。それも、すでに存在する苦痛に新たに加わった苦しみの一つにすぎない。そんな昼間のあとに、眠れない夜がやって来るのだ。

　秘書が突然顔を見せなくなったのを案じて、裁判官その人が、欠勤の理由を尋ねにやって来た。

　オリヴィエは病気なのだと答え、上司がなおも問うと、ひどく曖昧で奇妙な返答をし、明らかに心ここにあらずの状態である。モンドリュイ氏は困惑し、コジモにこまごまと助言をした。

実のところ、助言は何の役にも立ちそうになく、年老いた従僕は言い知れぬ不安にさいなまれた。

コジモは、若主人がどこかおかしいと気づいてはいたものの、ただの気まぐれな恋だと思い込んで深く考えず、むしろ喜んでいたのだと、裁判官に説明した。

やがて誤りに気づき、若主人と話をして遠慮がちに見解を述べようとしたところ、オリヴィエは生まれて初めてコジモの言葉をはねつけ、構わないでくれとぶっきらぼうに命じたという。コジモは最後に言った。

「裁判官殿、そのようなわけでして、もうどうしたらいいかわかりません。この苦境から救うことができるのは貴方様だけです」

「どうすればいいか、私にもわからん。ともかく数日間でもオリヴィエ君をパリから連れ出してみたらどうかね」

コジモはこの助言に従おうとした。しかし、うまくいかなかった。

ある朝のこと。前夜、オリヴィエは不眠と絶望のうちに、重荷となった人生を断とうと何度となく考えた。

「僕はどこまで馬鹿なんだ。たった一人の女性を思うだけで、こんな有り様になるなんて。彼女に言葉をかけたことさえ一度もなく、向こうは僕の存在すら知らず、もしかしたら他の誰かを愛しているかもしれないのに！　しかも、僕は彼女の名さえ知らない……」

不意にある考えが頭をよぎり、夢中になったオリヴィエは声に出して言った。

「名前。名前なんか、知ることができるじゃないか。通りに出て人に訊くだけでいい……」

マントを羽織る間も惜しく、通りへ走り出た。

「若様」コジモが叫ぶ。「若様……」

オリヴィエは答えない。忠実な従僕は若い主人の後を追って駆け出すが、年齢ゆえに足が重い。通りに面した門まで出たときには、もうオリヴィエの姿は見えなかった。近所を歩いてみても見つけられず、仕方なく家へ戻った。

「こんなことではお目付役として失格だ。侯爵様に顔向けができない。誰よりも大切な坊ちゃんを預かったのに、守りきれなかった」

その頃オリヴィエはアニヴェル邸の門前をうろついていた。使用人が出てきたら話しかけようと、待っていたのだ。

ようやく一人の召使いが現れた。ところが、話しかける段になると、恋する臆病な若者は決意が鈍った。何歩か召使いに近づいたところで、道を引き返してしまった。

それでも、時間が経つにつれて家々の門と窓が開いていく。パリが目覚める。貴族の多いこの通りでは稀な商人が店の鎧戸を開き、奉公人たちが行ったり来たりし始める。

そして、青白くやつれた顔の若者が上着も着ず帽子もかぶらずに、ある邸宅の門口にじっと立っているのを好奇の目で眺め始めた。

「さあ、臆病な真似はもうやめよう！」オリヴィエは決心した。「行動しなくては」

そして、金モールつきのお仕着せを着た召使いがアニヴェル邸から出てくると、思い切って話しかけた。

急いで家を飛び出したことが、オリヴィエに幸いした。

アニヴェル家の召使いは彼の身なりから、オリヴィエを近所の館の奉公人だと勘違いしたのだ。

それで、一杯おごるというオリヴィエの申し出を遠慮なく受け入れ、近所の守衛小屋に飲みに出かけた。当時、金持ちの家の管理人――「門番」という言葉には個人的にいい印象がないので、使わないことにする――はたいがい、小さな管理人室で葡萄酒を売っていた。

世間話をしたあとで、オリヴィエは怪しまれないようにさりげなく、できるだけ無頓着な口調でアニヴェル家の令嬢の名を尋ねることに成功した。召使いによれば、彼女の名はアンリエットだという。

オリヴィエが知りたかったのは、それだけだ。名前を聞いたとたんに席を立ちそうになったが、軽率な振る舞いは慎んだ。

しばらく四方山話《よもやまばなし》をしてから、もう頃合いだと見切りをつけて代金を払い、急いで家に帰った。心は喜びに沸き、もう長いこと味わったことのないほど幸せな気分だ。

それを見て、コジモも喜びの声を抑えきれない。

オリヴィエは駆け寄ってコジモを抱きしめた。

「友よ、わが旧友、忠実な友よ、彼女の名はアンリエットだ。僕はこの世でいちばんの幸せ者さ」

「それなら、若様、昼食を召し上がってはいかがでしょう。その幸せを支える力をつけるために」

「何でもいい、任せるよ……」オリヴィエはコジモにそう答えると、今度は一人でつぶやいた。「アンリエット。これよりも美しい名があるだろうか……アンリエット！」

「どう見ても」オリヴィエの浮かれようを嘆き、コジモは考える。「お気の毒に、若様はどうかしている。ああ！　私も若い頃には、恋する若い貴族を大勢見てきた。だが、これほど恋い焦がれる様子は見たことがない。ふつうは食べることを忘れはしないし、ましてや酒となると……」

数日間は、愛する人の美しい名を呼び、繰り返すことでオリヴィエは十分に幸せだった。

しかし、ほどなく、より多くを望むようになった。

「どうしても近くで見たい。この世のものとは思えないあの美しさの前に身を屈めたい」そう思うようになった。

それで、ある朝、またアニヴェル邸の門で待ち伏せをした。アンリエットが出てくるのを見るまではそこを動かないつもりだった。

彼女は病気なのか、あるいは不在なのか？　若者にはわからなかった。とにかく三日間、空しく待ち続けた。

四日目は日曜日だった。オリヴィエが望みを失いかけたまさにそのとき、屋敷の重い門扉が開き、若い娘が現れた。その姿はオリヴィエが夢見たよりもさらに美しく光り輝いている。

彼女の後ろには時禱書とビロードのクッションを携えた従僕が従う。少しためらったあと、若者は彼女の後をつけることにした。令嬢は近くの教会へ向かった。

「どうして思いつかなかったのだろう！」オリヴィエは独りごちる。「彼女を思う存分眺め、美しさを愛でる、こんなに簡単な方法があるのに！」

一心に祈りを捧げるこの若い令嬢から、彼は目を離すことができない。そして、アンリエットはほぼ毎朝、こうしてミサにやって来るのだと確信した。

自分の幸福は約束されたと、彼は思った。人生のすべてとなった女性を好きなだけ見つめ、崇めることができるのだと、日に百回も自分に言い聞かせた。

アンリエットが自分に気づいたかどうか、考えもしなかった。

ところが、実際には、毎朝出会う若者を見て、令嬢も今まで味わったことのない感情を抱いていた。若者はいつも教会の柱の脇にいる。彼女は知らぬ間に彼に心を奪われていた。

オリヴィエのほうも、心を寄せられるにふさわしい若者だったと言わねばならない。顔立ちは優しげではあるが、自負と活力も感じさせる。黒い口髭が唇の上をうっすらと覆い、頬はまだ少年のような滑らかさを保っている。そして、肌の白さと憂いがえも言われぬ魅力を添える。大きな目は表情豊かで、悲しみと、自信に満ちた輝きが交互に現れ、心の寛さと魂の高貴さを映し出す鏡のようだ。

心を震わす彼の眼差しに、ごまかしはなかった。

おそらく、アンリエットは無意識のうちにそうしたことに気づいたのだろう。オリヴィエと最初に目が合ったとき、彼女は眼差しに清らかな愛のこの上ない優しさを込めた。

その眼差しを受けて、若者は思わずよろめいた。妄想じみた夢の中でさえ、これほどの幸福は味わったことがない。家路につきながら、もう十分に生きた、この世に思い残すことは何もないとさえ思う。

それでも、翌日、いつもの時刻に、やはり教会の柱の脇に座らずにはいられなかった。

今回はアンリエットよりも少し早く席を立ち、彼女が通り過ぎるのを見るためにポーチの下で待っていた。

アンリエットは彼を見た。動揺したからか、偶然か、それともとっさに意図してか、時禱書を手から取り落とした。オリヴィエは駆け寄り、本を拾ってアンリエットに渡す。彼女は言い表しようのない感情がこみ上げて青ざめたが、われに返って言った。

「ありがとうございます」鈴を振るような声だ。若者はまた恍惚感に浸った。

二人の恋にとって画期的なこの出来事以来、毎朝、ミサが終わると、オリヴィエはアンリエットの前を歩き、扉の近くで立ち止まって恭しく聖水を彼女に差し出すのだった。言葉こそまだ交わしていなかったが、互いに愛していることははっきりとわかっていた。

この世のあらゆる誓いを集めても足りないほど、互いの愛を確信していた。

「今こそ勇気を出さなくては」オリヴィエは考えた。

そして、短い手紙を書いて丁寧に折りたたみ、できるだけ小さくまとめた。ミサの間、アンリエットがふと彼のほうへ目を上げたとき、オリヴィエは手に持っていたその紙片を見せた。

彼女は憤慨したかのように頰を赤らめて目を伏せた。ひょっとしたら、本当に気を悪くしたのかもしれない。それでも、教会を出るとき、再び本を落とした。オリヴィエはそれをまた拾い、返すときにどうにか紙片を挟み込んだ。

アンリエットは冷ややかに礼を言い、彼のほうをほとんど見もしない。

彼女の氷のような表情に、オリヴィエは心が冷えるのを感じた。

「しくじった！　何てことをしたんだ！　幸せだったのに、自分からそれを台無しにしてしまった。ああ！　きっと自分の愚かさの罰を受けることになる」

その手紙は、逢い引きの誘いに他ならなかった。

庭園の端の深い木陰があるあたりに塀の破れ目があることに、オリヴィエは気づいていた。その辺りをよく散歩していたのだ。

破れ目は長いこと修繕されないままだったものの、夜盗の侵入を防ぐために、板を数枚打ちつけ、ふさいであった。

一枚一枚の板の幅が狭くて間に隙間があり、そこから手を差し入れることができた。塀の中にいれば、恐れるものは何もない。塀の外にも、危険はなかった。庭園のこの部分に隣接するのは空き地だったからだ。

そこが、オリヴィエが手紙に記した場所だった。その日の夜、日が落ちたらそこへ来てほしいとアンリエットに頼んだのだ。アニヴェル邸の日常は知り尽くしていたので、その頃なら娘も自由に動けるとわかっていた。

オリヴィエは帰宅すると、寝室に閉じこもり、身の置き所もないほど落ち着かない気分で、約束の時間を待った。心配のあまり考える元気も湧かない。

午後、アンリエットが庭園に姿を現した。いつもならまず屋根のほうを見上げるのだが、その日はわざと目を上げなかった。

小さな窓から無理矢理身を乗り出し、首を折りかねない姿勢で、オリヴィエは彼女が庭を行ったり来たりするのを目で追った。やがて、彼女の姿は木陰に消えた。

その出来事は恋する哀れな男にいささかの勇気を与えた。彼が手紙に書いた庭園の場所を、アンリエットが確かめに行っていると思えたからだ。

ようやく夕方になった。約束の時間よりもだいぶ前から、オリヴィエは、塀の板を打ちつけた部分からほど近い小さな岩に腰掛けていた。

まだ日は高く、あとどれくらい待たねばならないか考えていると、庭園のシデの木陰から衣擦れの音がし、アンリエットがそこにいるのがわかった。

オリヴィエはふらふらと近づく。話しかけたいが、心臓が早鐘のように打って胸が詰まり、喉がからからになって声が出ない。

打算のある愛は機知に富み、臨機応変で、好機を巧みに捉えるものだ。もしかしたら、そのせいで、女性は自分を愛さない相手に限って好きになるのかもしれない。真の愛はいつも要領が悪い。けれども、その要領の悪さこそ崇高である場合が少なくない。

話すこともできず、オリヴィエはただひざまずき、両手を合わせて頭の上に上げた。

「また明日」銀鈴を振るような声が言った。

そして、愛らしい手が板の隙間から差し出された。オリヴィエはその手を取り、接吻で覆った。しかし、手はすぐに引っ込んだ……。

青年は同じ場所にいつまでもとどまって恍惚としていた。何も見えず、何も聞こえなかった。

第八章　最初の不運

翌日も、その翌日も、同じことが繰り返された。恋人たちは毎晩優しい言葉を交わすのが習わしとなった。

これほど似合いで、これほど清らかな愛に酔いしれた恋人たちはいなかった。

オリヴィエは自分の厚かましさを詫びようとした。そして、次第に、ためらいを捨て、ありのままの身の上話をアンリエットに語るようになった。

「ああ！　愛しいひと、僕は貴女にふさわしくない」

「そんなことはありません。私の心が貴方を選んだのですもの」

「お父上は僕たちの結婚を許してくださらないのでは？」

「そんなはずはありませんわ。父だって、最初からお金持ちだったのではありませんから」

「そうかもしれません、愛しいアンリエット。しかし、成功者が自分の原点を思い出したがらないことは、青二才の僕ですら、よく知っています」

「父はそんな人ではありませんわ」

「そうだといいのですが！」

「ねえ、もっと気力を奮い立たせて。愛する人のためなら、それなりの地位に就くために頑張れるでしょう？　私を愛してくださっているのなら、ねえ？」

「もちろん！　言葉で表せる千倍も、貴女の想像も及ばないほど、愛しています」

そして、オリヴィエはアンリエットの手に初めて触れた日までの苦しみを何度となく語るのだった。

彼は今では職場に復帰し、それまで以上に仕事に励んでいた。そのおかげで、裁判官自ら、オリヴィエが立派な地位を目指す第一歩となる役職に就けるよう骨を折ってやろうと申し出ていた。

恋人たちの未来はこれまでになく希望に満ちていた。ところが、ある晩、オリヴィエが逢い引きの場所へ来てみると、まだ時間よりも早いのにアンリエットが来ていた。

「私たち、もうおしまいよ」涙にかきくれながら彼女が言う。

「一体どうしたの？」

「父が、私のお相手を見つけたの……その人と……」

「貴女を結婚させると？」

「そう、それも今月中に」

「それで、承知したのですか、アンリエット？」

「おお、オリヴィエ！　そんな意地悪なことをおっしゃらないで。恋人を信じてくださらないのですか？　ああ、できることはすべてしました！　泣き、乞い願い、父の足元にすがったのですが……」

「父上は貴女の涙を見て怯まなかったのですか？」

「私は、他に好きな人がいるとまで言いましたわ。父は『ほう！　わしの知ったことではない！』と答えました」

「おお！　何てことだ！」オリヴィエは叫ぶ。「アンリエット、お父上が貴女を妻合《めあわ》せようとしている男は誰だ？　名を！　名を！……」

「愛しいひと、そんなにお怒りになっては、怖いわ。相手の名は申し上げません。でも、信じてください、私を責めないでください。これまで抵抗してきたし、まだ抵抗を続けますから。たとえ教会の祭壇に引きずられても、『はい』と言わせることはできませんわ。その一言ですべてが終わり、他の人と結ばれてしまうのですから」

「おお！　ありがとう、本当にありがとう！　しかし、どうなるのだろう、これから？……」

「女の私に何ができるでしょう。オリヴィエ、貴方が考えて、策を練ってくださらないと。どのようにお決めになっても、迷わずついていきます、たとえそれが破滅への道でも。まだ私の愛を疑っていらっしゃるの？　ああ、さようなら。家にいないことに気づかれてしまうわ。さようなら……また明日……」

アンリエットは去っていき、オリヴィエは呆然としたまま、その場に取り残された。

「考えて、策を練る。どう決めれば？　何の策を練る？　僕に何ができる？　弱く、独りぼっちで、友もいない僕に……」

思い悩んだ挙げ句、コジモに相談することにした。絶対に秘密だと念押ししてから、オリヴィエは自分の恋物語を打ち明けた。

年老いた従僕は微笑んだ。もうずっと前から、オリヴィエから悲しみを消し去ったその大切な秘密を、本人と同じくらいよく知っていたからだ。

「さて」話し終えて、オリヴィエが言った。「どうしたらいいと思う？」

「簡単なことです、若様。深く考えるほどのことはありません」

「どういうことだい？」

「私たちにはお金があるじゃありませんか？　かなりの額で、泥棒に狙われないかと、よく心配になるほどです。まず、この老いぼれコジモに、いい馬車を買うようお申しつけください。お金をポケットに、ピストルをホルダーに、よく切れる剣を鞘に入れ、そして……」

「彼女を誘拐しろと！……」

「そのとおりでございます、若様」

「それから？……」

「それからって、どういうことです？　ええ、誘拐は沢山目にしてまいりましたが、その後困った人たちは見たことがございません。決行すれば、問題は解決です」

「でも、どこへ連れて行けば？」

「世界は広うございますよ、若様」

「駄目だ！」オリヴィエは激しく叫ぶ。「駄目だ！　お前はあくどいやり方を吹き込むのだな。愛する人の名誉を傷つけるなんて、とてもできない。絶対に！……」

「それなら、ご令嬢が別の人と結婚するのを、指をくわえて見るんですな」

「黙れ、畜生！」オリヴィエは激怒して怒鳴る。「黙れ！」そして、モンドリュイ殿の館へ急いだ。上司ならいい助言を与えてくれると思ったのだ。

青年が訪ねていくと、裁判官は書斎で仕事をしていた。

「お願いがあってまいりました」オリヴィエは重々しく言った。「私の話をお聴きください。そして、助けていただけませんか。私の人生全体に関わる問題でして、ご助言を仰がずに決めるべきではないと思っております」

モンドリュイ氏は大げさな前置きにかなり驚いた様子だった。目の前に山と積まれた書類を急いで片づけ、暖炉の隅に肘掛け椅子を引いて言った。

「君の話を聴こうじゃないか。」

不運な青年は自分の恋と悩みについて語り始めた。

しかし、話が進むにつれて、聞き手の表情は冷ややかで厳しくなっていった。時おり肩をすくめることさえあった。

実は、威厳に満ちた裁判官は、今聞いている話をちっとも理解できなかったのだ。彼が善良で高潔な人間であるのはたしかだが、恋という言葉は彼にとって、何の意味も持たなかった。

それどころか、時おり耳にするそうした感情は、詩人たちがでっち上げたものにすぎないとまで思っていた。

彼は二十五歳のとき、父親に同僚の娘を紹介された。彼の父親には一万四千リーヴルは下らない地代が入り、相手の父親のほうには一万八千リーヴルの年収があった。

娘は醜くもなければ美しくもなく、よき主婦になると思われた。彼も好青年で通っていた。婚約を整えるのに時間はかからなかった。

両家の間で話がまとまり、教会で挙式の運びとなり、二人は結婚の誓いを立てた。晩には盛大な披露宴が開かれた。そして……。

モンドリュイ氏の記憶に強く刻まれた結婚初日の思い出は、靴のことだった。

それというのも、式当日、金のバックルつきの素晴らしくおしゃれな新品の短靴を履いたところ、一日中足が痛くてたまらなかったからだ。忌まわしい靴を脱ぐことができる夜が、どれだけ待ち遠しかったか！……

それ以来今日まで、彼は誠実かつ忠実に妻を愛してきた。子供も二人生まれた。女の子と男の子だ。そして、自分と違う愛し方をする人間がいるとは、想像すらできないのだった。

そのため、秘書が語った話は、この世で最もあり得ない、馬鹿げた、みっともない話に思えた。この青年は頭が少しおかしくなったのだろうか、コーランの翻訳のような無理難題を吹っかけられたわけでもないのに、と心の中でつぶやいた。

オリヴィエの話が終わると、裁判官は言った。

「オリヴィエ君、昨日の夕方預けた陳述書は読んでくれたかな？」

「そんな、先生。お願いですから、ご意見をお聞かせください……」

「あの陳述書の注目すべき点は……」

「ああ！　先生！　私の不幸を無視なさるのですか！……」

「何だって！　どんな不幸だ？」

「愛する人のことです、先生。アニヴェル嬢です」

「それで？」

「どうすればいいでしょう？」

「それは」裁判官は厳しい声で言った。「父親が選んだ相手と結婚するよう、彼女に勧めるのだな。まさか、彼女に結婚を申し込もうなどと大それたことを考えているわけではないだろう？」

「でも、先生……」

「ひょっとして考えているのかね？　それなら、サン＝ロラン領主アニヴェル殿のところへ行き、申し込みなさい。おそらく門前払いだろう。それも当然だ。違うかね？」

「でも、彼女を愛しています！」哀れなオリヴィエは声を張り上げる。「死ぬほど愛しているのです。だから、どうしても……」

「気をつけなさい」裁判官の声が大きくなる。「落ち着くのだ。軽はずみな真似をしてはいけない。牢獄にいる君と面会するのは、私も辛いからな。

そんなことになれば、高等法院など望むべくもない。さあ、もういいだろう。私には仕事があるし、君の今の状態では、仕事を手伝ってもらうわけにもいかないようだ。とにかく、陳述書のことは忘れないように」

オリヴィエはがっくりと肩を落として外へ出た。コジモの提案に従おうかと思いかけたとき、警備隊の若き中尉タンカルヴェル騎士を思い出した。かつて何度かポーム（テニスの原型とされる球技）をして遊んだことがある、気の合う男だ。

「彼なら、少なくともあの石頭の裁判官のように僕を馬鹿にはしないだろう」

それで、警備兵からその友人の住所を訊き出そうとしてルーヴル宮殿へ向かっていると、サン＝ジェルマン＝ローセロワ教会の前で運よく本人に出会った。

騎士のほうが先にオリヴィエに気づき、両手を広げて駆け寄ってくる。

「いやあ！　何てこった、わがよき友よ！」騎士が彼の体に両腕を回して言う。「嬉しい奇遇じゃないか！　ここ何カ月か、とんと姿を見せなかったな。せめて住所でも知っていればよかったが」

「ありがとう、騎士よ。実は……」オリヴィエが話し始める。

「いやはや、君、見れば見るほど……なんだ、本当に、お通夜みたいな顔をしやがって。そうか！　何かよくないことでも？……」

「とんでもないことなんだ！　それで、君に会いに来た……」

「そういうわけで俺に会って喜んだのか。ありがとう、頼ってくれて。何が望みなんだい？　金か、それとも剣か……」

「いや、違う！」

「それじゃ、何だい？」他に欲しい物がある人間がいることに驚き、騎士が尋ねる。

「相談に乗ってほしい……」

「ほう！　ちょうどいい！　俺の知恵袋は財布よりもパンパンだから。さて、どんなことだい……」

そして、騎士は長い話にじっくり耳を傾けるためにくつろいだ姿勢をとった。

その晩三度目だったが、オリヴィエは自分の恋物語をまた語った。ただ、今回はいくらか細部を省き、名前は変えた。

騎士は話が終わるのを待ちきれなかった。彼が発した言葉は、コジモが言ったことと奇妙なほど似ていた。

「君は金を持っているかい？　それなら、この友人、タンカルヴェル騎士に馬車を買いに行かせるんだ……」

「誘拐はしたくない。愛する人の名誉を汚したくないんだ。それで、別の手段を見つけるために、君を頼りにしてやって来たのだ」

「そうか。それじゃ、友よ、一緒に考えよう。しかし、ここではなくて別の場所で考えてもいいんじゃないか。ちなみに、ここから目と鼻の先のところに、行きつけのこじんまりした酒場があるんだ。アンジュー産の葡萄酒を飲めば、あら不思議、いい考えが浮かぶというものさ」

「じゃあ、行こう」オリヴィエはため息まじりに言った。

裁判官は厳しすぎると思ったが、今度の相談相手は物事を軽く受けとめ過ぎるように思える。

二人の若者がテーブルに着き、葡萄酒の瓶が四分の三ほど空いたとき、騎士が話し始めた。

「友よ、いい方法を思いついたぞ」

「そうか！　さあ、話してくれ、早く。頼む」

「誘拐は世間体が悪いから嫌なんだな」

「そのとおり」

「けれども、恋人を父親の手から遠ざけるのは構わないのだな」

「まさにそういうことだ」

「なるほど！　愛しい娘さんを誘拐してはいけない。ただ彼女が父親の家を出るのを助ければいいのだね」

「だが、どちらも同じことに思えるが」

「とんでもない！　大違いさ。いいかい、こういうことだ。君の恋人は好きなときに外出できるのかな？」

「表門からは、できない。だが、庭の一カ所が板でふさいである。その板をのこぎりで切れば出られる」

「よし。明日、君の美しい恋人はこんなふうに思い詰めるんだ。『お父様の家は派手すぎる。ここでは魂が汚れ、救いが得られない。これ以上家に留まるのは罪深いことだわ。修道院にこもるのが私の務め。でも、許しを得ようとしても、お父様は目の中に入れても痛くないほど私を愛しているから、うんと言ってくれない。だから、自分から出ていきます』」

「おお！　そこまでやるか！……」

「待てよ……。君の恋人はどうするだろう？　持っていきたい物をごく小さな荷物にまとめ、塀を板でふさいだところへ行き、のこぎりで板を切る。そうすれば、外へ出られる。

偶然、すぐそこに馬車が停まっていて、二人の男性が乗っている。まあ、君と俺だ。御者に命じてそこで馬車を待たせている。

君の恋人は真っ直ぐに御者のところへ行き、ある修道院まで連れて行ってくれと頼む。

御者が断ると、彼女はルイ金貨を一枚渡す。御者はそれでも断る。すると、彼女は二枚、三枚、四枚、十枚、二十枚と、御者が承知するまで金貨の数を増やす。まあ、御者は最初から断らないかもしれん。

修道院に着いたら、院長にこう言うんだ。『お金ならあります。父の家を抜け出して祈りの道に入り、私の徳と財産で修道会を豊かにしたいのです』修道院は大歓迎してくれるさ……。

そして、彼女の父親がたとえ王族であっても、本人が望まなければ、修道院から連れ出すことはできない。そもそも王族ではないだろうが」

「まったく違う」オリヴィエは生き返ったような心地で答える。

「それなら、彼女は好きなだけ修道院にいられるさ。ちょっと退屈かもしれんが、せっせと父親を説得し続ければ、君たちの結婚も遠からず許してもらえるだろう」

「わが友よ」オリヴィエはタンカルヴェル騎士の首に抱きついて言った。「君は僕の人生を救ってくれた！　明日、君の計画を実行しよう。手助けしてくれるね……」

「もちろんだ！　命をかけてもな！　ところで、君は貴族かい？」

「いや！」オリヴィエは狼狽し、耳元まで赤くなって答える。「僕はただの捨て子さ」

「上等じゃないか。捨て子か！　それなら国王陛下ルイ十四世のご落胤ってこともあり得る。ともかく、食事をしに行かないか？」

オリヴィエは、この信頼厚い友、救い主に食事をおごらざるを得なくなり、たまたまポケットに詰め込んであった金貨を景気よくじゃらじゃらと鳴らした。

「君は素晴らしい友人だ」と騎士は言った。「さあ、ついて来い。明日の冒険を前に、今夜は愉快にやろうじゃないか。いまだかつて経験したことのない冒険が待っているからな」

「どういうことだい、騎士殿？」

「実は、これまでいくら探しても、剣の腕を試す機会がなかった。よほどのきっかけが必要なんだ」

第九章　災厄

オリヴィエはすぐに、この新たな助言者の言うなりになったことを後悔し始めた。なにしろ、騎士は恋する若者の手を取って「明日は大仕事だ」と言うが早いか、決行の時まで楽しく暇つぶしをしようとしか考えない様子なのだ。

騎士は若い友人を連れ回し、流行の酒場で食事をしたあと、裕福な密輸業者の家々を渡り歩いて賭けをした。そうした成金の生き甲斐は賭博と色事だけなのだ。

オリヴィエは頭を垂れ、胸がふさぎ、不安に苛まれながら彼に従った。騎士が陽気に上機嫌になればなるほど、オリヴィエの心は沈んだ。

タンカルヴェル中尉は満足というものを知らないらしい。一皿残らず美味そうに平らげ、葡萄酒も浴びるほど飲んだ。

賭博台では幸運の天使と相席したらしく、カードゲームの回を重ねるほどに、彼の前の金貨の山もうず高くなっていく。

「君は大変な幸運をもたらしてくれる」騎士はオリヴィエに言った。「これからは、君とけっして離れないよ。こんなに幸運に恵まれているのだから、明日もきっとうまくいく。だから安心しろ。そんな陰気な顔をしなさんな」

しかし、オリヴィエは安心できない。日が昇って蠟燭の灯がおぼろげになっても、タンカルヴェルは賭博台を去る気がなさそうなのだ。

オリヴィエはとうとうしびれを切らした。「僕は帰る。君が今日僕のためにしてくれるはずの大事な仕事をすっかり忘れているようだから」

「何だって！」タンカルヴェル騎士は驚いて言葉を返す。「もう帰るのか！　われわれの冒険は今夜、日が落ちてからだ。日はまだ昇り始めたばかりだぞ。

考えてみろ。まだ十二時間ある。昼間はそっくり使えるぞ！　ここよりも楽しく時間をつぶせる場所を知っているのか？

わかった、賭けはもうやめにしよう。それじゃ、食事に出かけようじゃないか。さあ、大盤振る舞いだ！　私がご馳走しよう。どなたかつきあってくださるかな？」

そう言いながら、騎士は目の前に山と積まれた金貨をポケットに入れ、剣を着けて、賭博仲間を何人も引き連れて出かけた。

恋する若者は観念し、午後四時になっても、騎士の傍らでテーブルを囲んでいた。その日は永遠に続くかと思われ、夜までの時間の長さが恨めしい。

いっぽう、オリヴィエの悲嘆と不安が増すのを尻目に、騎士の盛り上がりようはとどまるところを知らず、ほろ酔い気分で、自分の立場をまったく意識していないように見える。

オリヴィエはすでに自分の弱さを呪っていた。一人で事に当たらなかったことをひどく悔やんだ。

「この愚か者の手助けがどうしても必要なのか？　彼が提案した計画を成功させるには、彼がいなければ駄目なのか？　昨夜も今日も散々だ。こんなことをして、何になる？　見ろ、僕が相談し、僕の友だとうそぶいた男は、真っ直ぐに立つのも危ういじゃないか。

寝台に運ばなければ、三十分も経たないうちに椅子からずり落ちるだろう。

「さあ、もう迷っている場合ではない。ここを出よう」

しかし、オリヴィエが立ち上がると、騎士も同じく腰を上げた。

ついでに瓶を持ち上げ、杯を満たしながら言う。

「締めの乾杯だ。若き友の恋に！　これでお開きにしてもよろしいか？」

異議を唱える者はない。

杯が満たされ、一同は乾杯した。

「それでは」タンカルヴェル騎士は剣をとりながら続ける。「さようなら、皆さん、また近いうちに！」

そして、店の主人を呼び、すっかり素面で会計を済ませる。水を持って来させると、顔と手を洗い、レースの襟を整え、口髭をひねってカールさせ、まったく屈託のない口調でオリヴィエに言った。

「さて、わがよき友よ、君のために力を尽くす番だ。急ごう、遅刻しちゃいけない」

モンドリュイ氏の実直かつ優秀な秘書は、まだ驚きから立ち直っていない。騎士の素早い変身ぶりに戸惑っている。呆然としたその表情に騎士も気づかないわけがなく、階段を下りながら言った。

「そうか！　俺が酔っぱらって、君のことなんかすっかり忘れたと思ったんだな？」

「正直に言うと、そのとおりだ」

「うん、親愛なる友よ。若い君にはわからないだろうが、われわれ武人は、遊びと仕事の区別をわきまえている……。四時までは問題なく、何もかも忘れて飲めると踏んだ。そして、四時になった。素面に戻った。さあ、君のために力を尽くそうじゃないか」

二時間もしないうちに、二人は馬車を一台調達した。アニヴェル邸の庭園の塀の破れ目から少し離れた所まで来て、馬車を降りる。

そして、それぞれの分担を確認した。

オリヴィエは御者に計画を明かそうとした。もうすぐ若い娘が出てきて乗せてほしいと言うはずだと、予め教えておこうと考えたのだ。ところが、騎士は反対した。

「もしも尋問されたら、御者はわれわれのことを暴露しかねない。ルイ金貨を何枚か握らせておけば、たとえ怪しんでも、何も言わないさ。わざわざ手の内をさらすことはないぞ。相手は口が軽いか、おつむが弱いかもしれん」

オリヴィエは彼の言うとおりだと認めた。御者に待つように命じ、二人は塀の破れ目を板でふさいだ所に近づいた。

騎士はあっという間に場所の検分を終えた。

「ここから出るのはお茶の子さいさいだ。彼女は間違いなくその気になっているのだろうね……」

「うん、意に染まない結婚から逃げ出すためなら、僕にすべてを任せると言った」

「それなら言うことはない。だが、手間取っているところを見せないよう、素早く脱出するための準備を整えよう。道具は持ってきただろうね？」

「ここにある」

「よし。それじゃあ、見張りを頼む。見つかるとまずいからな。俺が板を上手く切っておく。いよいよのときに一蹴りすれば通り道ができるように」

オリヴィエは言われたとおりにした。数分後、騎士が彼を呼んで言った。

「準備は万端だ」

そして、アンリエットが現れたら、騎士は彼女を驚かせないよう身を隠すことにした。脱出を阻む危機が生じるまでは、姿を見せる必要はない。

二人して塀の脇の岩に腰を下ろし、待った。

何時間も経過したが、アンリエットが現れる気配はない。

夜の帳が下りてからだいぶ経つ。消灯を告げる鐘ももうじき鳴るだろう。

この長い待ち時間の間、騎士は苛立つ様子をまったく見せなかった。それどころか、不安に身悶えするオリヴィエを落ち着かせようと懸命だった。

「もうおしまいだ」哀れなオリヴィエは絶望に身をよじらせて何度も言った。「今頃、彼女は別の男のものになっているに違いない。最後の最後になって、抵抗しきれなくなったんだろう」

「まあまあ」と騎士が言う。「そんなに嘆くな、落ち着け！　こんな時間に結婚式を挙げるものか。きっと彼女は家族の傍を離れられなくて、君と同じくらい気をもんでいるよ。待とう……」

とうとうオリヴィエはしびれを切らして言った。

「確かめなければ気が済まない」

そして、友人が止めるのも聞かず、塀の上に植え付けたガラス片で怪我をする危険を冒して、オリヴィエは庭園の内側へ跳び下りた。

騎士も塀によじ登り、いつでも助太刀ができるよう身構える。

木立を透かして館の灯りが見える。オリヴィエは館へ向かったらしく、タンカルヴェル騎士がいくら耳をそばだてても足音さえ聞こえない。騎士も庭へ飛び下りようとしていると、オリヴィエが戻ってきた。

一言も発せず、ひどく取り乱した様子で、オリヴィエはまた塀によじ上って騎士が下りるのを助けようと手を差し伸べ、騎士の腕を取った。

「頼む。館へ急ごう。とんでもないことが起きているようなんだ」

「どうしたんだい？　真っ青じゃないか、慌てて……」

「何も見ていないし、なぜかわからないが、胸騒ぎがする。僕の予感に間違いはない。館の中へ入ろうとしたが、あいにく庭に面した扉も窓も閉まっていた。それでも、耳を澄ますと、ざわめきが聞こえた。叫び声や、すすり泣く声や、うめき声だ。恐ろしい悲劇が起きたに違いない。

それから、上の階の窓を見上げた。灯りが行ったり来たりしている。人影が走ったり、階段を上ったり下りたりしている。彼女はきっと抵抗したんだ。父親は言うことをきかせようと暴力に訴えたんだ。それで、彼女は僕への愛のために取り乱し、自ら命を絶とうとしたのではないか。

もう今頃は、僕の可哀想なアンリエットはこの世にいないかもしれない」

オリヴィエがそう言いながら、騎士を連れて表通りへ向かうと、アニヴェル邸の正門は開いている。騎士はこれほど絶望に打ちひしがれた人を見たことがなく、心を痛めながらオリヴィエにつき従った。

それでも、騎士は慰めようとはしなかった。友の苦悩は深くとも命を奪うわけではなく、時間だけが癒やしてくれると知っていたからだ。

無意識のうちに、友の深く偽りのない思いに打たれ、騎士も同じ胸騒ぎを覚えるに至った。自分自身に起きたどんな出来事より、心を動かされていた。

オリヴィエの予感を裏づけるように、アニヴェル邸の正面の扉は左右に開け放たれている。玄関の間は祝祭のようにまばゆい光に照らされているが、一人の従者も見当たらない。表門も開いているのに、門衛の詰所は空っぽだ。

「ほら、僕が言ったとおりだ」オリヴィエが消え入りそうな声で言う。

「尋ねようにも、誰もいない……」

「尋ねても無駄だ。どんな知らせかはわかりきっている」

「念のため、中に入ってみたほうがいい」タンカルヴェル騎士が勧める。「階段に誰かいるかもしれない。俺はここで待つ」

「アニヴェルの書斎に押し入らざるを得ないだろうか……」

オリヴィエは玄関に飛び込み、それから階段を駆け上る。

ところが、十段も上がらないうちに、一人の女性がふらふらと彼の傍に倒れ込んできた。

オリヴィエはとっさに両腕を広げ、どうにかその女性を受け止めた。

女性は半ば気を失っていた。彼は一瞬、その顔を見つめることができた。年の頃は三十五、六歳、小柄で、まだまばゆいほど美しい。豪華な布地でできたドレスから艶やかな肩がのぞいている。

女性は脈絡のない言葉をつぶやいている。どうやらひどく恐ろしい場面の残像が頭から離れないらしい。

「なんてひどい！……ああ！　恐ろしいこと！……あんな死に方をして……」

オリヴィエもこの見知らぬ女性に負けず劣らず取り乱しており、彼の耳に入る言葉は、魂を引き裂く恐ろしい予感とあまりに一致している。

この女性の言葉に、きっと間違いはないだろう。

女性はようやくわれに返ったようだ。困惑した眼差しでオリヴィエを見上げ、必死で記憶をたどろうとしている。そして、ふいに言った。

「貴方はどなたですの？　どうして、ここで私を支えてくださっていますの？」

オリヴィエは状況を簡単に説明した。

「ああ！　そうでしたの、なんてこと！　忘れていましたわ。ああ！　恐ろしい……。お願いしてもよろしいかしら。うちの馬車まで連れて行ってくださらない？　この通りで私が戻るのを待っているはずですから」

「奥様」彼女に腕を差し出しながら、オリヴィエが尋ねる。「貴女がおっしゃるのは、一体全体、どんな恐ろしいことですか？　何があったのです？」

「ああ！　何という災い……」女性はそれだけ答えると、口をつぐんだ。

玄関まで来ると、騎士が片方の扉に寄りかかっているのが見えた。オリヴィエは急いで歩み寄り、見知らぬ女性の腕をほどいた。

「わが友よ、ここまでは僕がお連れしたが、この先は君に頼もう」

オリヴィエは立ち去り際に、タンカルヴェル騎士が若々しい夫人の前に恭しく身を屈めて知り合いのように挨拶をし、片腕を差し出すのを見た。

それからまた階段へ向かった。目の前の扉はすべて開き、どの部屋も煌々と照らされているものの、客も従者も一人も見えない。

広大な館には死のような静寂が満ちているが、つい先刻まで、彼が庭園に入ったときに耳にした喧噪があったはずだ。

ともかく、ここで宴が開かれ、おびただしい数の招待客がいたのは間違いない。それを物語る明確な痕跡が無数に残されている。

オリヴィエは控えの間で立ち止まった。わずかな音も聞き逃すまいと、息をひそめる。だが、物音一つしない。聞こえるのは早鐘のように打つ自分の心臓の音だけだ。

それから、待合室を素早く通り抜けたが、隣の部屋に入ろうとしたとき、いい知れぬ恐怖にとらわれて足がすくんだ。

そこは食堂だった。何か恐ろしい出来事があったことが、一目で見てとれた。

どこもかしこも混乱の極みだ。家具が散らばり、肘掛け椅子がひっくり返り、壁掛けは引きちぎられ、破れている。

部屋の中央に置かれたテーブルの上は信じがたいほど乱れ、事件の凄まじさをさらに雄弁に物語っている。

高級クリスタルも、磁器も、金めっきを施した銀器も、ことごとくひっくり返って入り乱れ、蠟燭をともした枝つき大燭台は倒れている。まだともっている蠟燭も何本かあり、そのうちの一本の火が燃え移ってテーブルクロスがゆっくりと焼けていく。

床には無数の破片が散らばっている。砕けた磁器、割れた瓶……。

恐れと不安から額に冷たい汗を浮かべ、オリヴィエがこの奇妙な光景を眺めていると、こちらへ急ぐ足音が聞こえる。食堂へ足を踏み入れて通り道を空けると、現れた使用人が彼のほうへ駆け寄った。

「先生、頼みます、急いでください、こちらへ……」

「何？　僕のことかい？……僕が誰か、わかっているのか？」

「何ですって！……お医者様ではないのですか？」

オリヴィエは首を横に振った……。

「そうですか！　それならそうと早く言ってください！」使用人はそう叫ぶと、走り去った。

オリヴィエの耳に最後に残ったのは、「手遅れかもしれない」という言葉だった。

不運な青年は絶望のどん底に突き落とされたが、苦しみも極致に達すると、捨て鉢な力が少し湧き、勢いづいてくるものだ。

「ああ、もう僕の命運も尽きた。あのひとは死んでしまったのだ。

死んでしまった。僕の愛が殺したのかもしれない。僕もさっきの召使いと同じ言葉を言うべきか。手遅れだ！　手遅れだ！　だが、少なくとも最後に一目、あのひとに会いたい。

息絶えてこわばったあのひとの手に、もう一度この唇を押し当てたい。僕の姿を見たら、両親はきっと、僕が何者か、何の権利があって彼らの辛い心を乱すのか、なぜ共に涙を流すのか問い、もしかしたら僕を追い払おうとするかもしれない……」

そう考えると、腰が引ける。

「いや、違う」悩んだ挙げ句、オリヴィエは思い直した。「やはり、もう一度、会わなければ。

何を恐れることがある？　僕の人生は終わったんだ！　そう、あのひとの傍に跪き、最後の別れを告げ、僕も死ぬ……。誰も僕を止められるものか！……」

そして、テーブルの上にあったナイフをつかみ、奥へ通じる扉へ向かうが、足取りは緩慢でぎこちなく、まるで死体が歩いているようだった。

いかにもおかしな格好だが、取り込み中だったために周囲の混乱に紛れ、傍を駆けていく数人の召使いにも気づかれない。

そのまま進み、部屋から部屋へ通り抜けるうちに、あれほどオリヴィエを怯えさせた陰鬱な静寂がついに破られる気配がした。

取り乱した声が聞こえたあと、うめき声がして、その押し殺した低い声にかぶさるように、甲高いすすり泣きの声が聞こえる。

さっき玄関ホールで話しかけてきた召使いがまた現れ、その後に医師とおぼしき男たちが続く。

オリヴィエも弾かれたように後を追い、新たな部屋の入り口で重い綴織が上げられると、室内に、彼が死んだと思っていた女性の姿があった。

そう、たしかにアンリエットだ。顔面蒼白で髪はほつれ、着衣も乱れていたものの、間違いなくアンリエット、生きているアンリエットだ！……

彼女のほうへ飛んでいき、足元に身を投げようとしたが、体に力が入らない。感情が高ぶり過ぎて、抑えきれない。

オリヴィエはよろめき、心臓を弾丸で撃たれた人のようにその場で二回転した。力の抜けた手は先刻引っつかんだナイフを放し、両腕は空を叩く。苦しげなうめき声を喉の奥から発して意識を失い、寄せ木張りの床の上、アンリエットの足元近くに倒れた。

それでも、間もなく手を優しく握られ、温かい息づかいが唇をかすめたおかげで、オリヴィエは生気を取り戻した。

目を開く。

これは女神ではないか、あるいは人を欺く幻、ときに絶望を慰めるあの愛すべき嘘だろうか？……オリヴィエは自問した。

アンリエットはそこにいた。彼の傍に跪き、彼の顔の上に身を屈めている。片方の手で恋人の頭を支え、もう片方の手を彼女のためだけに動いている心臓に押し当て、鼓動を確かめている。

それはオリヴィエにとって、心を締めつける不安、あまりに恐ろしい衝撃の後に訪れた至福の時だった。話そうと思えばできたかもしれないが、言葉を発したいとは思わなかった。

一言でもしゃべったら、この夢が消え去りそうだったし、幻でないにしても、心をとろかすようなこの場面は終わってしまう。

オリヴィエはまた目を閉じて、神に感謝し、この恍惚がいつまでも続きますようにと祈った。しかし、限りなき幸せと天にも上るような喜びを胸いっぱいに感じ、魂に新たな力を得たオリヴィエの額に、大粒の涙が落ちた。静かに落ちる熱い涙、絶望の涙だ。

オリヴィエは上半身を起こし、アンリエットの手を唇に持ってきてつぶやいた。

「許してくれ、愛しい人よ。僕の身勝手な愛を、許してくれ。

ああ！　貴女を失ったとばかり思い込んでいた。今、こうして貴女が生きているのを確かめたら、幸せに我を忘れ、貴女がどんな悲しみから涙を流すのか尋ねようともしなかった……」

その言葉に若い令嬢は立ち上がり、両手で顔を覆って叫んだ。

「オリヴィエ、大切なお友達、お兄様！　私は悲しいの、ああ！　本当に悲しい！」

そして、その声はすすり泣きに変わっていった。

新たな苦悩にとらわれ、オリヴィエももう立ち上がっている。

「貴女の苦しみを分かち合う権利も僕にはないのか！　教えてくれ、答えてくれ、何があったのです？」

「ああ！　父が！……　お気の毒なお父様！　オリヴィエ、私、この世で頼れる人がもういなくなってしまったの！……」

そう言うと、悲しみの淵に沈んだアンリエットは、すべてを忘れ、われを忘れて、その美しい顔を恋人の顔に寄せた。

身も世もなく泣きじゃくるアンリエットの傍らで、オリヴィエは容赦なく自分を責め立てる。愛する女性の苦しみを、彼はたしかに分かち合っていた。その苦しみが心のあらゆる琴線を震わしているにもかかわらず、期せずして彼の心には喜びがとめどなく湧き上がるのだった。死んだと思っていた愛する女性に再会し、蜘蛛の糸より細く美しい金髪に初めて唇を押し当てることができたのだ。理性を失うのも道理ではないか？

それで、オリヴィエは話すのを控えた。声に本心が出ることを恐れたのだ。

立ち上がり、身じろぎもせずにじっとしていると、不意にアンリエットが彼を強く押しのけた。

「私は何とひどい娘でしょう！　すぐ傍でお父様が死の床に横たわっているのに、不信心にも愛する人の腕の中で泣き、幸せに酔いしれるなんて！……出ていってください、オリヴィエ、この家から出ていって。私たちの恋は過ちでした。貴方がこの家にいるのは罪と言ってもいいわ」

アンリエットの瞳が暗く燃え、物腰からも仕草からも心の乱れがうかがえる。オリヴィエは怖くなった。

「僕を追い出すのですね。僕を追っ払うんだ……アンリエット！……なんて不幸なんだ、貴女がもう愛してくれないなんて……」

「もう愛していないなんて」アンリエットがさっきよりは落ち着いた口調で言う。「たとえそうしたいと思ったにしても、私にできましょうか？　けれども、そんな言葉をここで、死の床の傍らで言うのは、不謹慎ではありませんか？……

お気の毒なお父様！　貴方とはお別れしなくては。おお！　いろいろ考えると、悔やんでも悔やみきれません。

もし私が家を出た翌日にお父様が倒れていらしたら、そして、自分が父の死の一因だと思うことになっていたら、と思うと……」

オリヴィエは何か言おうと口ごもった。

「お別れしましょう。お願いです」アンリエットはなおも言う。「もう私と会おうとしないでください。心が痛むでしょうが、私も同じくらい不幸せになっているのをお察しください。

このあまりに悲しい出来事に襲われて目が覚め、二人が突き進んでいた奈落の深さがわかりました。オリヴィエ、貴方と結ばれるためには、お母様のお許しをいただくしかありません。貴方が母にとって良い息子になると言えば、母は私の声を聞いてくださるかもしれません。ともかく、お母様がどのように決めても、私は従います。ですから、今はお別れしましょう、大切なお兄様。望みを捨てず、すべてを受け入れましょう」

そして、アンリエットは恋人に額を差し出した。オリヴィエは悲しみに打ちひしがれながら、その額に清らかな接吻をした。

「さようなら、お兄様」

考え直してくれと言いたかったが言葉が見つからないうちに、彼女は遠ざかっていく。

彼女の決断に従おうと決め、とんでもない不幸せの源となったこの家を後にしようとしたものの、愛する女性にあまりに残酷な衝撃を与えた事件について少しでも知らないことには、ここを離れられないと思い直した。

そこで、玄関ホールで召使いが来るのを待つことにした。その前に、まずタンカルヴェル騎士に礼を言い、安心させて、役目から解放してやらなくてはいけない。

騎士は忠実に同じ持ち場に立っていた。

「友よ、親身に助けてくれて、ありがとう。実はすっかり絶望しているのだが、少なくとも、わが命よりも愛している女性の身の安全は確かめられて、安心したよ」

「うん、知っている。アニヴェル師も気の毒に！……」

「何と！　知っているのか……」

「この災厄について詳しく教えることとさえできる」

「おお！　教えてくれたまえ」

「長い話ではないが、ここにぐずぐずしている必要はまったくない」

「この悲惨な出来事について、ただ事情を知りたいだけなんだ。使用人に尋ねようかと思っていた」

「俺が教えてやるから、その必要はないさ。君の住まいへ行ってもいいか」

オリヴィエはうなずき、騎士が彼の腕をとると、二人は連れ立ってその場を去った。

「いやはや、想像を絶する急変だったようだ」歩きながらタンカルヴェル騎士が言う。

「不運なアニヴェル師は今夜、大晩餐会を開いた。三十人以上の客がテーブルに着き、デザートが供されたばかりで、皆、おおいに盛り上がっていた。

娘の将来の婿に乾杯して、アニヴェルがグラスを口に運び、唇で触れるか触れないうちに、不意に倒れた……」

「死んだのか？」

「いわゆる即死だ。きっと卒中の類いだろう。あの気の毒な収入役はかなり恰幅がよかったからな。人の命のはかなさよ！」騎士は哲学者を気取って話を締めくくった。

「そういうことなら、僕の推測どおりだ。だが、客は、会食者たちは？」

「わかるだろう、皆自分のことで精いっぱいだ。男たちは怯え、女たちは泣き叫ぶ。皆うろたえていた。さいわい外科医が呼ばれたが、着いたときにはなす術もなく、死亡を確認しただけだった」

「医者が何人も入ってくるのを見たけれど」

「医者がどんなに急いでも無駄だった。それでも、人は一縷の望みを託すものだ。信じがたい不幸な出来事ってやつさ。侯爵夫人がそう言っていた」

「侯爵夫人って？」虚を突かれたオリヴィエが聞き返す。

「ほら！　階段で君が抱き止めたご婦人さ。彼女も招待客の一人だった。可哀想に、あの騒ぎで気が動転して、他の客と一緒に逃げ出すことができなかったのだ。落ち着いて歩けるようになるまで一時間以上かかった」

「その夫人から事情を詳しく聞いたというわけか？」

「そのとおり」

「でも、見ず知らずの君にそんな……」

「いやいや、君、見ず知らずなんてとんでもない。俺の姉、ド・サルモン夫人宅で、あの方とはしょっちゅう顔を合わせていた。それに、ご主人とも友達さ。

夫人は実に魅力的で、優しくて、敬虔な女性で、俺の見るところ、欠点はただ一つ。信心深すぎて、神父の教えを守り過ぎることだ。

それでは、君はあの人を知らないのかい？」

「今夜、初めて会った。ああ！　あんな状況だったから、けっして忘れないだろう。ところで、君、あの人の名は？」

「ブランヴィリエ侯爵夫人だ」

第十章　幸福な日

家に帰り着いたオリヴィエは、友人を帰らせるのにどれだけ手こずったことか。タンカルヴェルはオリヴィエの傍にいたがった。

「君があんまりしょんぼりしているから、帰るに帰れないんだ」騎士は心配顔で言う。「孤独はたちの悪い助言をするものだ。悲しみも病気の一種で、他の病と同じように治療法がある。

俺が主治医になってやるよ。独りで家に閉じこもって、不運を嘆いて何になる？　それで現実を変えられるのか？」

オリヴィエは頑なに口をつぐんだままだ。

「さあ、俺と腕を組んで、出かけようじゃないか。パリにもまだ美味い葡萄酒があるぞ。食事に行こう。葡萄酒は心の傷を癒す最高の薬だ。俺を信じろ。

神様が葡萄を生やしたのは、人間がときには悲しみを忘れる必要があることをご存じだったからさ」

「お願いだ！　騎士よ、そのくらいにしてくれ。僕は独りになりたいんだ」

「そうか、そうしたいなら、お暇しよう。しかし、その前によく考えてみたまえ。何をそんなに嘆いている？　アニヴェルは死んだが、君は彼を知らないいじゃないか。二時間前には彼から娘を奪うことしか考えていなかったくせに。アニヴェルが君にとって何だと言うんだい？……」

「ああ！　アンリエットの父上さ。正直に言って、僕の悲しみは彼のことではない。アンリエットが僕を拒み、僕が会うのを許してくれないことなのだ」

「それだけかい、君。もう泣くのはやめたまえ。一週間もしないうちに、また呼ばれるさ……」

騎士はそう言うと、友の手を握り、近いうちにまた様子を見にくると約束して帰っていった。

「実にいい奴だ、あのオリヴィエは」階段を下りながら騎士は独りごちた。「ただ、あまりに感傷的だな！　心は熱いが、気が弱い。やれやれ……心配させやがって。

あいつが涙を流しているのを見ると、こっちも心が張り裂けそうになる。キノー（一六三五〜八八。フランスの詩人）の詩みたいに、岩をも柔らかくできる男だ」

いっぽう、オリヴィエはようやく一人きりになり、心を乱す無数の感慨に向き合って、冷静に状況を見つめられるようになった。

すぐに、タンカルヴェル騎士が数時間前に口にした理屈をもっともだと思うようになった。

実際、彼にとって収入役の死は破局の引き金などではなく、多くの障害を取り除き、幸福への道を開くきっかけとなり得る。一時は苦悩に打ちひしがれそうになったが、すでに立ち直り、友人の思い込みとは裏腹に、収入役の死をそれほど悼んでいるわけではなかった。

今は死者のためではない不安と悲しみに苛まれている。

問題は、母の許しがない限り彼に会わないというアンリエットの誓いである。その絶対的服従の誓い、母の不興を買うくらいなら自らの心を切り裂くという親孝行の誓いが問題なのだ。

とはいえ、よく考えてみると、その約束もさほど気にならなくなった。愛する人を一目見るためには約束違反も厭わない覚悟がオリヴィエにはあったからだ。

アンリエットは愛情が薄れ、精神力だけが増しているのだろうか？　そうは思えない。だから、彼の祈りが通じて、大きな悲嘆から生じた誓いを彼女が破る日は遠くないと期待した。

それで、人間の運命の最高支配者たる時間に任せようと決め、少なくとも当面は恋人に会うのを諦めることにした。

こうして、オリヴィエはいつもの生活に戻った。

かつてのように仕事に没頭し、そのおかげで憂いを忘れると共に、ただ恋のためではなく、結婚の許しを得るのに必要な地位を確実にした。

余暇にはアンリエットの話をした。誰に話したかと言えば、コジモだ。彼が打ち明け話の相手となり、信頼に応えて若い主人の取り留めのない話に眉をひそめもせずにいつまでも耳を傾けてくれるのだった。

オリヴィエにとって、コジモはほとんど自分の分身だった。コジモは自ら良心に照らして考えることのできる、誠実な人間だった。

年老いた従僕は若い主人の疑念、思い、希望に忠実に沿って、期待どおりの返答をした。恋する哀れな男の心は幸せではなかったにしても、穏やかだった。

そのような日々が何週間か、そして何カ月か過ぎても、オリヴィエのもとにアンリエットの便りは届かず、音沙汰はまったくなかった。かつてのように教会のポーチの下でしばしば待ったが、彼女は現れない。

それでも、アンリエットはそこに、目と鼻の先にいる。二人を隔てるのは庭園だけで、オリヴィエは部屋の窓から愛する人の窓を見ることができた。もう冬で、それまで館を隠していた木々の葉が落ちたからだ。

庭園に入り込むのは簡単ではあったが、オリヴィエは自分の心に絶大な力を及ぼす彼女の命令に背こうとはしなかった。

時と共に、暗い疑念が彼の魂を怯えさせ、心を引き裂くのだった。

「もう僕を愛していないのかもしれない！」

自暴自棄になったオリヴィエは、アンリエットに手紙を書こうと決めた。彼女からたった一言でも音信があれば、彼の不安は打ち消せるのだ！　彼女からは短い返信があった。

「愛しい貴方、ああ！　お会いできないのは辛いけれど、これまでの弱い自分、二人で犯しそうになった過ちの当然の報いですわ。貴方もお辛いでしょうね。オリヴィエ、貴方と離れて私が幸せだと思うの？　貴方の、そして私の愛のために、気を落とさないでください。またお会いできる日は遠くないかもしれません」

天上の甘露にも等しいこの手紙に、オリヴィエは生き返る思いがした。愛する人の美しい手が残したいとおしい筆跡に、接吻の雨を降らせた。彼女を疑った自分自身が理解できず、まるで罪を犯したかのように自らを責めた。

「おお！　こんな手紙を受け取ったからには、いつまでも待つ必要はないのではないか？」オリヴィエは何度も自問した。

さいわい、いつまでも待つことにはならなかった。

手紙が出されてから一週間もしないうちに、幸福と希望の使者である一人の召使いが、正式の喪服に身を包んでオリヴィエの住まいにやって来た。

アニヴェル閣下の未亡人の命により、今日にでも館へ来てほしいと伝えに来たのだ。

オリヴィエは召使いのすぐ後を追って飛び出したくなる。

「彼女が僕を待っている！　一分でも無駄にし、幸せを遅らせるのは過ちだ、愚行だ！」

コジモが主人を押しとどめる。

「若様、考えてごらんなさい。そんなに急いでは、アンリエット様はお喜びになるかもしれませんが、母上様の印象は悪くなりましょう」

「そうかな、コジモ？」

「間違いありません、若様。あれほどの富を誇る収入役の一人娘となれば持参金も莫大でしょうが、今のところ、若様の財産はお嬢様に比べれば取るに足りません。

若様の愛は実に深く純粋ですが、悪意ややっかみを抱く人に野心や強欲を疑われ、言いがかりをつけられないとも限りません。館に招かれれば、先に招かれている人たちが妬み、若様の望みを打ち砕いて、できることなら追い出したいと考えかねないのですよ」

その考えにオリヴィエは愕然とした。

素直で世間知らずなオリヴィエは、自分の愛情が疑われるかもしれないなどと想像したこともなかった。だが、コジモの言葉で、それまで知らなかった世界が見えた。一瞬ためらったが、頭にすっかり血が上り、その不快きわまりない考えを切り捨てた。

「ふん！　世間が何と言おうと構うものか！　母上から結婚のお許しが出たら、持参金は断る。僕が働けば、僕の第二の父、侯爵の援助を頼らずとも、つましい暮らしには十分なはずだ。

そうさ、すべて断ればいい。そうすれば、財産目当てで愛したのだとそしられることもないだろう」

そして、コジモが諫めるのも聞かず、鏡をちらりと見て身づくろいを確かめ、家を出た。数分後、召使いが彼をアニヴェル邸の豪奢なサロンの一つに通した。

裕福な収入役の未亡人は暖炉の近くで長椅子に半ば身を横たえている。

オリヴィエは数カ月前に彼女の姿を垣間見たのを思い出したが、悲しみのせいで同じ人とは思えないほどやつれている。髪は白くなり、頬はこけ、赤く腫れ上がった目が、夜毎枕を濡らしていることを物語る。

父を亡くしたアンリエットは喪服姿だ。常にも増して美しく魅力的で、母親の足元の小さなスツールに腰掛けている。

召使いが青年の来訪を告げると、二人の女性は立ち上がり、待ちかねていた客にするように丁寧に挨拶をした。

アニヴェル夫人は黙ったまま、召使いが前に出した肘掛け椅子をオリヴィエに手振りで勧める。いっぽう、アンリエットは窓に近づいて、庭に目を凝らしている振りをする。きっと頬が真っ赤に染まっているのを隠すためだろう。

コジモの予想は外れた。

オリヴィエが駆けつけて来たことは不興を買わなかったばかりか、想定内だったことが、アニヴェル夫人の唇に刻まれた悲しげな微笑みからわかった。

そう確信できたおかげで、いささか自信が湧いた。今の彼には自信が必要だった。これほど厳粛な場面は生まれて初めてだ。一生の幸福がかかっている、それはわかっていた。それにもかかわらず、と言うよりもそれゆえに、心が異様に高ぶり、一言も発することができない。

それでも、オリヴィエは顔を赤らめ、アニヴェル夫人の眼差しに戸惑いながら、じっと座っていた。夫人は彼の面差しをじっくり調べて、心の奥底まで読み取ろうとしているようだ。

沈黙が続き、それにつれてオリヴィエの気まずさも増していく。そして、とうとうアニヴェル夫人のほうから救いの手が差し伸べられた。存分な調べを終えて、哀れな恋人の臆病さを気の毒に思ったらしい。

「大変重大な件のことで、貴方にお越しいただきました。母親にとってとても重要なこと、つまり、わが娘の幸せです……」

オリヴィエは返事をしようとしたが、言葉は唇の上で消えてしまった。アンリエットはさっきよりもさらに熱心に庭の様子を注視している。母親の顔に、一瞬、悲しげな笑みが広がった。

「わが娘アンリエットが、ようやく私のことを思い出してくれました。私どもを襲ったあの恐ろしい不幸、私がけっして立ち直ることのできない不幸のあと、若い娘にとって母親がこの世で最高の友であると、アンリエットは気づいたのです。そして、すべてを打ち明けてくれました……」

オリヴィエは非難の言葉を覚悟した。夫人の悲しげな諦めの表情が彼の心を締めつける。彼女の苦悩に同情しながらも、その優しさと賢明さが深く心を打つ。すすり泣きが夫人の胸を震わせ、目からは涙が溢れ出る。

「かわいそうな子供たち!」アニヴェル夫人は話を続ける。「ああ! あなた方は一生後悔し続けるような過ちを犯すところでした……」

「お母様、大切なお母様！」アンリエットが母に身を寄せ、つぶやいた。

「ええ、娘よ、とんでもない過ちです。親に背いた子は、遅かれ早かれその報いを受けるもの。お父様は貴女が幸せになるようにと、結婚相手を選んでくださったのです。貴女はお父様が妻合せようとした相手を拒んだのに、勇気が足りなかった。だから、お父様は言いました。『あの人はお前を幸せにしてくれる。どうして、いやだと言う代わりに、私の心にも彼の心にも届く言葉を率直に、もっと早く言わなかったのだ？　他の人を愛しています、と！』」

頰を染め、恥じらいながら、アンリエットはそのなんとも愛らしい顔を母の胸に埋める。アニヴェル夫人は、幸せだった日々の思い出を遠ざけてしまう涙を拭い、オリヴィエに向かって話を続ける。

「貴方が自分にふさわしい方だと言う娘の言葉を、私も信じます。その言葉が正しくないとすれば、貴方のお顔も眼差しもひどい偽りということになりましょう。でも、決断を下すまえに、私のいちばん大切なもの、いえ、私のただ一つの宝を貴方の手に託すべきか考えるよりもまえに、今日この場で、私の誠の心に従って貴方に打ち明けなければならないことがございます」

オリヴィエはわかったというように頷く。

「もしかしたら」アンリエットの母は、心の奥底にある襞の中まで見通そうとするようにオリヴィエを注意深く見つめ、ゆっくりと話す。

「もしかしたら、これから申し上げることのせいで、貴方は気が変わるかもしれません。私の話を聴けば、娘に対する愛が、ご自分で思っていたほど強くないことに気づくかもしれません」

「私は命に代えても……信じてください……」オリヴィエが口を開いた。

「いいですか！　実は、娘と私は完全に破産したのです」

「破産！」オリヴィエはばね仕掛けのように身を起こし、叫んだ。「破産……」

　そして、視線をアンリエットからアニヴェル夫人へ移した。たった今聞いたことが信じられず、念を押してもらわなくてはいけないとでもいうように。

「そう、破産です」

「私たち、これ以上ないほど貧しいのです」アンリエットが付け加えた。

「今日はまだこの館に暮らしていますが、おそらく明日には宿もなくパンにも事欠くでしょう」

「いや、まさか！」オリヴィエは繰り返した。「きっと悪い夢、幻でしょう。貴女方が貧乏になるなんて、無一文だなんて」

「おっしゃるとおり、無一文なのです」

　アニヴェル夫人の口調から、もう疑いを差し挟む余地はないことがわかった。

「おお、主よ！」オリヴィエは組み合わせた両手を天に向かって上げ、叫んだ。「やっと、僕にこの世の幸せの分け前をくださるのですね。それも、あまりに大きくて夢にも思わなかったほどの幸せを。これ以上の望みはもうありません。生きている限り、神様をたたえるだけです、おお、主よ！　無一文、彼女が無一文なのだ！」

　母も娘も度肝を抜かれて言葉もなく、青年の歓呼が理解できなかった。オリヴィエも二人が驚いていることに気づいた。

「ああ！　失礼しました、奥様」オリヴィエはアニヴェル夫人の手に思わず唇を押し当てながら言った。「取り乱してしまったことをお許しください。つい感情に流されてしまいました。でも、しゃべっているのは私の心、どうしても心の声を抑えきれません。

貴女方を襲った新たな不幸を知り、喜んだことをお許しください。しかし、お二方を苦しめている破産が、私にとってはどれほどの幸せ、安らぎを与えてくれることか」

「オリヴィエ、おっしゃることがわからないわ……」アンリエットがつぶやく。

「ああ！　愛しいひと！　僕たちを隔てる溝がどんなに深いか、僕と違って貴女は測ったことがないでしょう。新たな不幸が埋めてくれるのです、その溝を。

今朝もまだ、貴女の裕福さを思うと、僕はあまりに貧しく、身が縮むほど申し訳なかった。僕は自問した、『彼女は僕のような者に目を留めてくれるだろうか、母上は僕を息子と呼んでくださるだろうか。誰にとっても快く、僕にとって何よりも大切な『息子』という呼び名で。母も知らぬこの僕が、そう呼んでもらってもいいのだろうか？』と。

年老いた忠実な友が、悲しい考えを教えてくれました。財産の相続権もなく、後ろ盾もなく、資産もない僕が巨万の富を相続するお嬢さんと結婚するのを見て、持参金のことなど僕の念頭にないことを、人は信じてくれるだろうか？　そう考えると、僕は世にも不幸な男になり、取るに足りぬわが身を恥じました。それが、今では……」

「この娘を恥じることになりましょう」

「アンリエットを恥じる、僕が！　おお！　奥様、ご冗談を。彼女の愛に対する僕の誇りの強さには、王様の強大な権力もかないません。

彼女を恥じるなんて！　それどころか、彼女こそわが人生の栄光です！　僕には野心はありませんし、これまでは財産なんか羨む価値もないものだと思ってきました。しかし、今は彼女のために、あらゆる財宝を望み、わがものにしたい気力が湧いてまいりました。

財産を失ったというけれど、アンリエット、僕がその十倍の財産を築いてあげよう。僕の人生の幸せはすべて貴女のおかげだ。その恩をすっかり返すことができるだろうか？」

そして、オリヴィエはアニヴェル夫人の膝にすり寄って続けた。「今日からはお母様とお呼びすることをお許しください。そう呼ばせていただくにふさわしい人間だと、信じてください……」

老婦人はオリヴィエを胸に抱き締め、娘の手と青年の手を取って、重ねた。

「子供たち、私はもう長くありません。愛しいアンリエットの父親と天国で再会するまえに、二人の幸せな姿を見せてくださいね」

オリヴィエもアンリエットも、これほどの幸福が信じられない。ほんの数時間前までは絶望していたのに、不意に目の前に天国の扉が開けられたのだ。

アニヴェル夫人も、娘の頼みでオリヴィエを呼び、母ならではの直感を働かせて真剣に彼を検分しようとしたが、これほど迅速に大団円を迎えられるとは思ってもみなかった。

そのうえ、娘が選んだ男にこれほど気高い心根、純粋な感情を見出そうとは、思いもよらなかった。夫人がこれまで見てきた男たちは皆、金銭を軽蔑してやまないと豪語するのが常だった。しかし、その信条どおりに行動することのできる男はいないし、ましてや莫大な財産を失ったことを喜ぶほど豪胆な者などいないことを、彼女はよく知っていた。

オリヴィエの気高い歓喜の声を聞くや否や、母の心は決まった。

話は尽きず、夢いっぱいの未来を語り合ううちにあっという間に日が暮れ、二人はまた明日、と言い交わして別れた。

帰宅したオリヴィエの顔は、コジモが見たこともないほど輝いていた。

「彼女は破産した」年老いた従僕の両手を取ってオリヴィエが言う。「僕よりもっと貧しくなった。これからは僕だけが頼りなんだ」

数日後、アニヴェル夫人はオリヴィエに、この不遇を隠すためにつましい住まいを探すつもりだと告げた——若い二人はその不遇を幸福と呼んだのだが。

無慈悲で貪欲な債権者の群れが、邪悪なハゲタカよろしくアニヴェル邸に襲いかかった。あらゆる物が供託に付され、この豪奢な館に、二人の女性の持ち物は何もなくなってしまった。

最低限必要な物すらほとんど残されず、しかも、何もかも自分たちでしなければならなくなった。

破産した主人に愛想を尽かし、使用人はことごとく逃げ出した。沈没する船を容赦なく見捨てるネズミたちと同じである。

厨房、玄関ホール、廏舎、控えの間に大勢の召使いがひしめいていたのに、誰一人残っていない。

使用人が去ったあと、門番の代わりに厚かましくも守衛室をねぐらとするのは、災いの不吉な化身、執達吏と債権者の手先である封印保管人だ。

裕福な収入役の未亡人はそれまで贅沢と豪奢と安楽に慣れきっており、生活のあらゆる面に起きた変化を嘆かずにはいられない。

オリヴィエは未亡人を慰め、将来のことも心配は無用だと請け合ったが、無駄だった。アンリエットも一緒に心を砕いたが、未亡人はもう立ち直れないと言うばかりだ。

オリヴィエは侯爵から与えられた資産をすべて未亡人に自由に使わせたが、当代きっての富豪とその富を共有してきた彼女にとって、彼のささやかな財産は取るに足らないものに見えた。

そこで、オリヴィエはアニヴェルの全財産を正確に計算してみようと思い立った。債権者たちが世事に疎い二人の女性につけ込んだかもしれず、彼女たちよりは経験があり会計にも通じている自分が、この大災厄のほんの一部でも救うことができるかもしれないと考えたのだ。

アニヴェル夫人から知らされた詳細の一部からも、オリヴィエは自分の推測に間違いがないことを確信し、ごく表面的な調査をしたあと、さらに自信を深めた。

アニヴェルは生前、莫大な富を持っていた。それだけに、死後その財産がことごとく無に帰してしまうのは腑に落ちない。モンドリュイ氏の秘書は事情を解明していった。

やり手だった収入役は、さまざまな事業に手を染めていた。それらは現代のわれわれから見ると児戯に等しい事業でも、当時としては高度で冒険的な企てだった。

投資に関してはイギリスに二世紀も後れをとっていたフランスで、アニヴェルは信用取引に精通した先覚者であり、積極的に工業に資金を投じていた。

それは時宜にかなっていた。

ルイ十四世治世下の大臣たちは、フランスが外国に支払う莫大な額の関税を免れようと力を尽くしていた。国内各地では手工業が振興し、収益はまだわずかだったが、のちに国の富の大きな源泉となる。

そこで、アニヴェルは当時の果敢な起業者たちに資金を提供したのだ。

見返りは確実で、莫大な利益が得られるたしかな見通しがあったものの、収益を上げるまでには時間がかかる。待ちきれない債権者たちは皆、アニヴェルが投資した額を回収不能な債権とみなした。

収入役の死によって、期限の迫った多額の支払いをする必要が生じた。アニヴェルが生きてさえいれば、日延べもできたし、日々の収入や遠からず手にできる工場からの利益によって楽に返済できたはずだった。

しかし、支払いは早急にする必要があり、手元の金は負債の額にはとうてい届かず、債権者は急いでいた。

債権者のなかで最も急いでいたのはサン＝ロランのプノティエ氏だった。アニヴェルの旧友で公私にわたり長いつきあいのあった人物だが、事業資金に困っているという口実を振りかざし、返済の代わりにアニヴェルの聖職者総収入役の地位を得ようともくろんでいたのだ。

読者には、金銭に関わる話題でかなり脱線したことをお許し願いたい。ともかく、司法官や財界人の言い方を借りれば「アニヴェル家の相続」を巡る状況は、以上のようなものだった。

オリヴィエの見るところ、何も失われてはいなかった。彼は上司のモンドリュイ氏の助力をあらゆる面で受けながら、綿密に計算し、書物を参照し、書類と文書を調べ、東奔西走し、判事たちにも会った。

二週間近く奮闘した結果、莫大な資産の少なくとも四分の一は残せそうだとアニヴェル夫人に知らせることができた。それだけでも大変な金額である。

すべては愛のためであり、そうした仕事も彼にとっては愛の一部であったため、オリヴィエはすっかり浮世離れした生活を送っていた。彼にとっては、アンリエットの館が全世界だった。彼女がまだ住んでいるその館を元通りにするのが彼の望みだったのだ。

かくして、行く手には一片の暗雲も見えなかった。ところが、ある晩、アニヴェル邸で実業家たちと打ち合わせをしていたオリヴィエのもとに、コジモがやって来た。年輩の女性が訪ねてきて、彼に話があるという。

「今は席を外せない」オリヴィエは答えた。「何か頼み事があるなら、僕の代わりに聞いてやってくれ、コジモ」

「いいえ、若様にどうしても来ていただかないといけません」

「無理だ」

「しかし、……」

「席を外せないと言っているだろう」

「それでは、せめて、ちょっと内密に話をさせてください」年老いた従僕は、どういうわけか、柄にもなく頑として譲らない。

不可解な出来事に不平を漏らしながら、オリヴィエは彼に従って隣室へ向かった。

「若様、とにかく急いでください。あの婦人は待ちきれずに帰ってしまうかもしれません」

「何だと！　まだその話か？」オリヴィエは足で床を蹴りながら苦々しく言った。

「若様、お願いです」コジモが小声で言う。「侯爵様の使いなのです」

その言葉を耳にしたオリヴィエは、悪い知らせを受けたかのように青ざめた。漠然と、どういうわけか悪い予感が心を締めつける。

それでも、もう躊躇しなかった。

「急いで戻ってくれ」コジモに命じる。「その人に待ってもらうんだ。僕もすぐに行くから」

そして、打ち合わせをしていた部屋へ戻って事情を話し、実業家たちに日を改めて会うことを約束し、自宅へ急いだ。

帰宅すると、使用人ふうのきちんとした身なりの婦人が玄関に近い部屋にいて、立ち上がった。コジモが紹介する。

「おかみさん、こちらが若主人のオリヴィエ様だ。用件を話してください」

婦人はエプロンのポケットから細く巻いた紙を取り出してオリヴィエに渡す。

「これを貴方様の手に直接渡すよう、言いつかってまいりました。お付きの方に申し上げたとおり、侯爵様からだとお知らせするよう言われました」

オリヴィエはこの使者に礼を言って硬貨を何枚か渡して帰し、注意深く扉を閉めると、高鳴る胸を抑えながら巻き紙をほどいた。

中から出てきたのは、赤い液体で満たされた小瓶である。

コジモはそれを見て苦しげにうめいた。

「どうしたんだい、コジモ?」オリヴィエが心配して尋ねる。「顔が真っ青だ……」

「いえ、何でもございません、若様」コジモはもごもごとつぶやき、動揺を隠そうとするが、無駄だった。「私のことは心配なさらないでください。それより、お願いです。瓶に添えられた長い手紙をお読みくださ い」

オリヴィエも、もうコジモの顔色のことには構わなかった。やはり養父からの手紙の内容を早く知りたくてたまらなかったからだ。オリヴィエは手紙を声に出して読んだ。

「息子よ、
この手紙の内容をしっかり頭に入れてほしい。お前が私の命令を正確に実行してくれるかどうかに、私の命がかかっているのだから。

明日の火曜日、日没一時間前に、バスティーユ小教区の墓地へ行ってほしい。貧者の遺体が雑然と積まれている一角に、新たに掘られて埋葬を待つ墓穴が一つ見つかるはずだ。

その穴からあまり遠くない場所に身を隠し、待機するのだ。

日暮れと共に男が二人、つまりバスティーユの牢番たちが棺を運んでくるだろう。棺を急いで穴に放り込み――願わくば、かける土がほんの少しでありますように！――、立ち去るだろう。

彼らが墓場から出ていくまで見届けなさい。

そして、速やかに墓穴まで行き、土を取りのけて棺を引き上げ、蓋の釘を抜きなさい。恐れても、ためらってもいけない。

棺の蓋が開いたら、中に横たわっている死体の歯をこじ開け、手紙と一緒に届けた小瓶の赤い液体を三滴、流し込んでほしい。

数分経ったら、同じことを繰り返す。

十五分待っても死体が動かないままなら、小瓶に残った中身をすべて、ためらわずに口に流し込みなさい。

そうすれば、おそらく、お前のおかげで私は生き返るだろう。

そう、死体は私なのだ、オリヴィエよ。牢獄に飽き飽きしたものだから、自由を取り戻す究極かつ苛酷な方法を試そうとしているのだ。

もう一つ、言っておく。お前と同時に、墓地に一人の紳士が現れるかもしれないが、姿を見られないようにしなさい。背が高く品のある顔立ちをした紳士だ。

棺を運んで来た牢番が去ったあと、その紳士が墓穴へ駆け寄ったら、何もせずに隠れていなさい。

彼が牢番と同時に立ち去ったら、お前は指示どおりに行動するのだ。ただ、その人には気をつけなさい。後者の場合、彼は私の最大の仇敵だ。武器を携えて行き、必要とあらば……。

コジモは頼りになるから、連れて行くといい。勇気と希望を持て」

この奇妙な手紙を読み終えたオリヴィエの顔は、翌日墓から運び出すことになっている死体よりもさらに蒼白だった。

コジモは恐怖で歯の根が合わない。

「おお！　若様」コジモがようやく口を開く。「お気の毒な旦那様がこんな恐ろしいことを考えるまでに、どれだけお苦しみになったかを思うと、身の毛がよだちます」

「しかし、どんな方法を使って、死んだと思わせるのだろう！……」

「それは、若様」コジモが忌まわしいことを思い出すかのように震えながら答える。「侯爵様は大変な力をお持ちですから。途方もない力をです」

年老いた従僕の震える声と取り乱した様子を見て、オリヴィエの心には漠然とした疑念が浮かび、予感は現実味を帯び始めた。問いただすのもはばかられたが、コジモのほうが沈黙を破った。

「おわかりですか、若様。明日、私どもはとんでもない危険を冒すのです。墓場に来るという男の剣は言うまでもありません。墓あばき、冒瀆、国家の囚人……三度か四度も縛り首になりかねない。それでも、仕方ありません！　侯爵様の命令を実行するしかない。そうですね？」

「当たり前じゃないか？」オリヴィエは真っ赤になって叫ぶ。「尻込みするだけでも、大きな罪だ。侯爵が僕の命を望むなら、迷うことなく差し出そう。とはいえ」一呼吸置いて、オリヴィエは続けた。「今は僕の命だって大切だ！……」

第十一章　バスティーユの墓地

夕日の最後の光が地平線を赤く染める頃、コジモとオリヴィエはいずれも完全武装して、バスティーユの薄暗い城壁を通り過ぎ、国王の城塞で死んだ囚人を埋葬する侘しい墓地へ向かった。

そこはフランス国王の絶対的専制の犠牲者を、ときには面相をおぞましく変えてしまった挙げ句に葬り去る永眠の地で、牢獄と同じく秘密を永遠に隠蔽するために寂れた場末につくられた墓地だ。とはいえ、サン＝タントワーヌ門にはほど近く、ヴァンセンヌ城へ通じる大きな街道の右手に位置している。

前夜、オリヴィエはひどく恐ろしい悪夢にうなされ続けた。明らかに、侯爵からあまりに奇妙な手紙を受け取ったせいである。それでも、彼は朝から出発したがった。

青年は性急な行動を正当化し、待とうとするコジモを説得するために、前夜の悪夢が不吉な知らせだと言い張った。

「地面の下からくぐもった声が絶えず聞こえるんだ。その声が、オリヴィエ、と呼びかける。オリヴィエ、この土の重みで胸がつぶれそうだ。急いでくれ、空気も足りない。これ以上こうしていると、お前が来たときには、生気を取り戻す術のない、ただの死体になってしまう」

「熱のせいです、ただの妄想ですよ」コジモが答える。主人を安心させようとして自身の不安を抑える力が、まだあるのだ。「若様も私と同じように、目を閉じず、眠ろうとしなければよかったのです」

「しかし、考えてもごらん、コジモ。僕たちがどれほど重い責任を負っているか。この世でいちばん愛する人の命が、僕たちの素早い行動にかかっている。もし予定が早まったら、どうなる？

僕たちがここで平然と話している今、もう侯爵が穴に埋められているとしたら？　ほら、そう考えると、恐ろしくて頭の毛が逆立ってしまう。だって、予定を早めることもあり得るからね……」

「いいえ、あり得ません、若様。バスティーユの囚人の埋葬は、真っ昼間には行いません」

「本当かい、コジモ。本当なんだね。でも、お前が間違っていたら！　たとえば、今日、たまたま、お前には予想もつかない出来事が起きて、これまでの規則が全部覆ったら？　ああ！　僕は自分をけっして許せないだろう。コジモ、お前は最期のときまで最大の後悔を抱えることになるぞ」

「いいえ、若様。私は務めを果たしますから」

「務め？」

「ええ、侯爵様の言いつけが、私の務めです。侯爵様は手紙の指示に従うよう私たちに命じました。手紙に書いてあったとおりにしましょう。

指示のとおりということは、時間を早めるのではなく、ちょうどその時間に到着することです。私は侯爵様をよく存じております。運に任せることはけっしてなさいません。それはたしかです。手紙には『日暮れと共に』とありました。待ちましょう。そもそも、昼間私たちが墓場にいたら、怪しまれると思いませんか？

身の毛もよだつような話を聞いたことがあります。死んでから首を切り落とされる囚人がいて、体だけが墓地へ運ばれ、頭はバスティーユの地下にある穴に放り込むというのですよ」

「おお！　コジモ、お前は僕の不安を面白がっているのか。そんな言い伝えを僕に聞かせるなんて。そんな話は根も葉もない噂に決まっているだろう」

「とんでもない！　これほどたしかな話はございません」

「おお！　ただでさえ恐ろしいのに、余計なことを！　コジモ、もし棺の中にあるのが頭のない死体だったら！……」

年老いた従僕はしばし沈黙する。

胸が詰まって何も言えないのだ。彼とて不安であり、その不安との闘いで気力を使い果たしていた。ようやく、自信がなさそうに答えた。

「まさに悪夢です、若様。しかし、手紙にあのような命令が書けるほど意識がしっかりしていらっしゃったのですから、きっと大丈夫ですよ。

悪いことばかり考えていると、心が乱れます。真っ昼間に墓場の真ん中で私たちが暗く不安な顔でうろうろしていては怪しまれますし、そうなったら計画は大失敗です」

そのように理詰めで言われて、オリヴィエも従うしかなかった。コジモは当初から、決められた時間にならなければ行かないと断言しているのだ。

それで、オリヴィエは待った。しかし、そのようにはやる心を抑えて待つのがどんなに辛いかを知っているのは、自ら延ばしたり早めたりできない命がけの重大な出来事を、一秒一秒を数えるようにして胸が締めつけられる思いで待った経験のある人だけだ。

狂おしいほどの不安を抱えながら、彼は待った。それは、たった一枚のカードに全財産を賭けた勝負師が、言葉もなく身じろぎもせず、前のめりになって目を見開き、胸を熱く燃やして、運命を決定するカードを胴元が配る瞬間を一世紀にも感じるのにも似ていた。

待つ辛さを紛らわすために、その日、オリヴィエは侯爵からの手紙を二十回は読んだ。一語ずつじっくり読み、考え、吟味し、成功か失敗かを占おうとした。

その最中に、不意に思考が中断する。階段に足音が聞こえた気がする。扉に誰かいるようだ。奇妙な考えが、火のついた矢のように、脳裏をよぎる。侯爵がもう墓に入れられているとしたら？ そして、夜、棺の中で目覚めたら？ 棺を破り、上に掛けられた土を持ち上げることができただろうか？

オリヴィエの顔には狂気に近い恐怖が浮かび、目には常軌を逸した光が宿る。

「聞くんだ、コジモ。間違いない、声が聞こえる……」

青年の異常な神経の高ぶりを目の当たりにし、哀れなコジモは自分を手厳しく責めた。

「どうすれば、オリヴィエ様の気を一時でもそらすことができるだろう？ こんな調子では、日が暮れる前に気がふれてしまう。ああ！ あの手紙は私が開封し、ぎりぎりまで若様に知らせなければよかった。慎重さが足りなかったな、老いぼれコジモ。報いを受けても仕方がない」

そして、オリヴィエの関心を現実に引き戻すため、二人でもう百回も話し合った救出作戦を最初から確認した。

あらゆる偶然を検討し、幸運は排除し、不運な場合のみを考慮した。最悪の事態を想定し、方策と手段を探した。

それから、持ち物の準備は抜かりないか、改めて点検した。肝心な場面で準備不足のせいで失敗するのは許されない。

必要あるいは有用と思われる物はすべて用意した。土を掘るための柄が短いスコップ、小ぶりなつるはし、棺の釘を外すための釘抜き、金槌。

そして、冥界から連れ戻さなければならない人のためのさまざまな強壮剤、衣服とマント。

それに、自分たちが携える武器。攻撃にも防御にも、命を懸ける決意だ。

そうしたこまごました支度やつまらぬ議論をしているうちに、時は過ぎた。近所の教会が四時の鐘を鳴らす。

「いよいよだ！」オリヴィエは剣を取って勢いよく立ち上がる。「さあ、時間だ、出かけよう」

「若様、お願いですから、もう少し待ちましょう！……」

「いや」若い主人は有無を言わせない。「時間だ、もう待てない。

お前にはわからないのか。もはや、この部屋にじっと閉じこもっていることなど、僕にはできない！

ゆっくり歩いてもいいし、なんなら遠回りして、一リュー（約四キロメートル）でも二リューでも四リューでも道のりを長くしたって、構うものか！　ともかく歩こう！

待っているのがじれったいから、少し動こう。もうじっとしている場合ではない。希望と不安の間を揺れ動き、空しく過ごすのはおしまいだ。さあ、出かけよう」

コジモももう抵抗しなかった。

二人とも大急ぎで支度を終えた。服の下に武器と道具を隠し、鐘が四時十五分を告げるや、出発した。

通りへ出ると、コジモが言った。

「若様、馬車の用意をすっかり失念しておりました。侯爵様が歩けないということも、おおいにあり得ます。それに、急いでパリを離れたいかもしれません。救出は、素早く逃げ出せるかどうかにかかっています」

実は、この欠かせない準備について、年老いた従僕は朝から考えていた。早く言わなかったのは、オリヴィエの性急さを押しとどめる最後の手段としてとっておいたからだ。

「そうだ、忘れるところだった。いちばん役に立つ物なのに。二人ともどうかしているね」

「ええ、いささか心ここにあらずでした」

「それはお前だろう、コジモ。僕はいつになく落ち着いているよ」

「いい馬車と元気な馬がすぐに必要です。少なくとも十五リューを休みなしで走り、パリから離れることができなくては。

急いで手配しましょう。お金は十分にありますから、遅い馬車でも急がせることができます」

「ところで、どこで馬車を待たせるんだい？」

「サン＝タントワーヌ門の外の小さな広場です。そこに馬車を待たせておくための場所があります。御者は決闘だと思い込むでしょうから、大人しく寝て暇をつぶすはずです。

いよいよというとき、必要とあらば、つまり、侯爵様がまったく歩けなければ、墓地の塀のすぐ下まで馬車を進ませましょう。というのは、塀を乗り越える必要があるでしょうから。

われわれのために門を開けておいてくれるはずはありません。ともかく急ぎましょう。時間がない」

懸命に探したにもかかわらず、馬車はすぐには見つからなかった。

当時は、今日のように一万五千台もの馬車が首都の石畳を朝から晩まで踏みつけていたわけではなかったのだ。

ようやく希望にかなう馬が見つかった。探して手続きを済ませるまで小一時間もかかったが、ともかく見つかったのは幸いだ。

今度こそ、本当に出発すべき時間である。

御者にすべての指示を与えると、コジモは馬車が速歩で去っていくのを見送り、オリヴィエに言った。

「さあ、これで出発できます」

墓地の門を入ったとき、ちょうど太陽が沈んだ。

二人はすぐさま辺りを注意深く調べた。

いざというときには、地勢を正確に把握することが最も大切になる。

そこは、まるでパリから二十五リューも離れた場所のように感じられ、コンピエーニュの森の片隅かとさえ思えた。

老木の数々が太い枝を広げている。

植物の繁茂を妨げようとする庭師は一人もいなかったらしく、サンザシやニワトコのうっそうとした茂みが至る所にある。

街から離れたこの場所の静寂を破るのは、木々の葉ずれと、驚いて飛び立つ鳥の羽ばたきだけだ。

人っ子一人おらず、パリのざわめき、海辺で耳にする波の低いうなりのように遠くで途切れなく響く首都の喧噪も、ここまでは届かない。

墓石の数は多くない。苔むしたりツタやイバラに半ば覆われたりした石が、そこここにかろうじて見える。

盛んに生い茂る雑草が、土が長年掘り返されていないことを物語る。

普通の墓地の地面には収穫後の麦畑にも似た畝のようなものがあって、地面が死体を「収穫」したことがわかるが、それがここにはまったくない。

オリヴィエとコジモは静寂の中を、足音を立てないように進んだ。

死んだような陰鬱な静けさを乱して気づかれないよう、二人は細心の注意を払う。声をできるだけ低めて話した。

「この辺りの塀をご覧ください、若様」コジモが言う。

「うん、崩れかけている……この割れ目なら、門と同じくらい楽に出入りできる」

「たしかに。ここを通りましょう」

オリヴィエが不安に駆られて尋ねる。「ここからは、掘られたばかりの穴は見えないな。あそこに墓石が二つ三つなければ、ここが本当に墓地なのかわからないくらいだ」

「しーっ、誰か来ます」コジモがささやく。

オリヴィエが立ち止まる。

「どこだ?」

「あそこに、男がいます！　穴を掘っている。これで探す必要がなくなりました」

その一画は木々が切り倒され、草も抜かれて、地面がほぼ平らにならされている。

墓掘り人の仕事には開墾も含まれる。六ピエ（一ピエは約三十センチメートル）の土地が、囚人に与えるために切り拓かれていた。人間は皆、それだけの土地を死後に割り当てられるのだ。

周囲の土は掘り返されたばかりで、草もほとんど生えていない。口を開けた穴の傍に、ほぼ埋められた穴がいくつか見える。

「若様、ここは後で作業をする場所から遠すぎるのでは？　ここからでは何も見えません」

「もっと近くへ行こう」オリヴィエが答える。「だが、あの男に気づかれないよう気をつけなくては」

「できるだけ目立たないようにしましょう。ただ、運悪くどちらかがうっかり動いて、あいつがこちらを向いたら、こそこそしないほうがいい。おかしな素振りをしたら怪しまれます」

手近な墓石の前まで行って、祈る振りをしましょう」

「そうだね、コジモ。むしろ本当に、仕事がうまくいくよう神様に祈ろう。ああ！　神のご加護なしには、できることはほとんどない」

そして、二人は地面のわずかな起伏を利用し、木陰から木陰へ、茂みから茂みへ移動し、木々の間を素早く通り抜けた。

開けた区画をどうにか迂回して、墓掘り人から二十歩ばかりの地点まで来ることができた。

花盛りのニワトコの大きな茂みが格好の目隠しとなってくれる。

二人は腰を下ろし、運んで来た道具と侯爵に着せるための衣類を葉の下に置いた。そして、念のため、武器を用意した。

「これで準備万端、あとは待つだけだ」オリヴィエは安堵のため息をつきながら言った。

墓掘り人はまだ作業を続けている。ゆっくりと、落ち着いて、時間がたっぷりある人のようにのんびりと仕事をしている。流行歌の一節を陽気に口笛で吹いている。

オリヴィエとコジモは隠れ場所から、墓掘り人の小さな動きも逐一観察できた。

仕事を楽に進めるために、墓掘り人は穴の底へ下りていた。穴の深さは二ピエほどだろうか。土を一すくいしては一休みし、時おり身を屈める。変わった石に気を惹かれると身を屈め、拾ってじっくり調べ、方角も考えずに遠くへ放るのだ。

そうして投げられたかなり大きな石が枝をかすめ、コジモの頭すれすれに飛んでいった。

「あの不届き者のせいで怪我をするところだった」年老いた従僕がぶつぶつと言う。

「墓掘り人がさぼっているなんて思っちゃいけない」オリヴィエが小声で言う。「石を拾って投げるたびに、スコップ二杯分、掘り上げる土が減る。僕らもその分、助かる」

そのとき、墓掘り人が身を起こした。シャベルによりかかり、オリヴィエたちからは見えない何かをじっと見ている。

「牢番たちが墓穴行きの荷物をもう運んで来たのか?」コジモがごく小さな声で問う。

「いや」オリヴィエは否定する。「わかった、侯爵が手紙に書いていた紳士だ。墓掘り人のほうへ近づいてくる」

「ああ、見えました」コジモも言う。「だが、見たことのない人だ。私は旦那様のご友人の顔は一人として忘れておりません」

「敵は?」

「敵もです。でも、あれは初めて見る顔です」

紳士は最新流行の服に身を包み、祝宴にでも出かけるような華やかな出で立ちで、墓地を横切り、墓掘り人のほうへ向かっている。靴の見事なえんじ色の踵《ヒール》（ルイ十四世の肖像画にも描かれているように、当時は男性も踵の高い靴を履いた）を汚さぬよう、ストッキングと靴の甲のバックルに土をつけないよう細心の注意を払いながら、塞がれたばかりの穴をよけて歩いてくる。

これほど立派な身なりの貴族を見たら、墓掘り人は恭しく帽子を脱いで命令が下されるのを待つのが普通だろう。

ところが、紳士があと数歩のところまで近づいて来ても、墓掘り人はまた口笛を吹き始め、再びせっせと土を掘り始めた。

紳士は、この応対にいささか驚いて立ち止まった。先に口を開いたのは紳士のほうだった。

「やあ、精が出るね。悲しい仕事だが」

墓掘り人は肩をすくめ、相手の顔を正面から見た。

「悲しい？　なぜです？」

「私はそう思っているし」紳士は微笑んで答える。「世間ではそう思われているだろう、この仕事は」

「ええ、旦那、それは知っています」墓掘り人はシャベルを立てて一休みしながら言う。「俺らの仕事は気が滅入るだろうと、皆が言います。だけど、旦那の仕事はどうです？　おそらく軍人さんでしょう。戦に出たときに旦那さんがするのは、俺の仕事よりも愉快だとお思いで？

人の胸に穴をあけたり、頭をぶち割ったり、腕や脚を折ったりするのがそんなに楽しいですかね？

俺は田舎もんだが、そんな仕事はまっぴらだし、そういうことが名誉になるってのがてんでわかりませんや。

自分の職業は人を殺すことだとおおっぴらに言う人がいるってことが、いまだに解せません。

旦那さん方は死体を作る。俺は、死体に最後の住処を掘ってやる。どう考えたって、俺は旦那の仕事より自分の仕事のほうが好きだね」

紳士はそうした言葉に唖然としたようだが、やがて笑い始めた。

「哲学者気取りの墓掘りか」紳士は口の中でつぶやく。「いやはや、ご立派だ！　こんな変わり者は棒打ち百回の刑に値する……。とはいえ、今はこいつが必要だ」

人夫は再びシャベルをとり、紳士は引き返すように数歩退いてから、立ち止まる。どうするか決めかねているようだ。

オリヴィエとコジモは隠れ場所で耳をそばだてたが、何も聞こえない。

見知らぬ紳士は思い直したようだ。墓掘り人の傍へ戻ってきた。

「お前の言ったことをよく考えてみたら、なかなか理にかなっている。賛同すると言ってもいいくらいだ。お前のような身分でこれほど道理をわきまえているとは、実にあっぱれだ！　このルイ金貨を取っておきたまえ。これで私の健康に乾杯してくれ」

墓掘り人は見知らぬ男をじっと見た。墓場でこんなに気前よく施しをするとは妙だ。受け取るべきだろうか。口元は何か問いたげだ。

けれども、ルイ金貨の輝きはあまりにまばゆく、墓掘り人は恐る恐る手を差し出す。

「さあ、遠慮はいらん！」紳士が声を張り上げる。「本物の金貨か疑っているのかね？」それから、笑みを浮かべて言った。「どっちみち損にはならんだろう。悲しい仕事をしているお前には」

「旦那が思うほど悲しくありませんぜ」

「そうか！　それなら、どうして悲しくないのか言ってごらん」

「それは、俺は囚人を入れる穴を掘っているわけで、入るなら監獄よりも……」

「何だい？」

「俺なら、バスティーユの墓場のほうがいいからさ」

紳士は不意に寒気を覚えたように体を震わせ、墓掘り人もそれに気づいた。

「やっぱり旦那も俺と同じ意見と見える。ことにバスティーユという名がお気に召さないようだ」

「そのとおり」

「ということは、バスティーユの監獄をご存じで？」

「十分に。お前がここに掘っている穴のほうがましだとわかるほどに」

「だから言ったでしょうが？　俺は不幸せな囚人たちを救っているわけだ。

きっと、間もなくここにやって来る人も棺の底で俺に感謝するに違いありませんて」

今度こそ、紳士ははっきりと身震いした。顔が曇り、唇が引き締まる。

「ということは、今夜、囚人が埋葬されるのかね？」紳士の声は上ずっている。

「牢番たちが囚人の棺を運んでくるのを待っているんです。もうすぐ到着するはずでさあ」

「それなら、私も待とう。埋葬の儀式につきあうのも悪くない。

もし独房で死んでいたら自分の屍がどうなっていたか、見てみたい」

「それで、墓に祈りを捧げるんですか、旦那？」

「そうだ、祈らせてもらおう」

「そういうことなら、離れていたほうがいいですぜ」

「なぜだ？」

「旦那がここにいると、牢番たちが怪しむかもしれません。これまでも、バスティーユの囚人の親族がどういうわけか埋葬の予定を知ってやって来たことが何度かありました。親族は、せめて愛する家族の死に顔を見たいとか、一家の墓所へ運びたいとか、自分たちの手でねんごろに葬り、場所を知ってときどき祈りに来たいとか言うんです」

「それで、どうなった?」

「兄弟や、友人や、息子が来て、埋葬を陰で見て墓の場所を確かめます。そして、牢番たちがいなくなってから、息子や友人や兄弟が下僕の助けを借りて――そう、旦那にも下僕がいるでしょう――、急いで墓穴から棺を引き上げ、泥棒みたいに逃げるのですよ、国王の裁判所が家族に返したがらなかった死体を運んで」

「ほう! そういうことか」

「そうです、旦那。何度か見ましたから。他言はしませんがね。

実にたやすいことです! 俺が帰っちまえば、朝まで誰も墓場には来ないから。このあたりの住人はむしろここを避けて回り道するくらいで。それに、ほら、そこに、塀の破れ目があって、出入り口になる」

墓掘り人の一語一語が告白のようにも助言のようにも響き、紳士は思わず、強い感情を抑えかねて身を震わせた。墓掘り人は明らかに、彼を今話したような縁者の一人だと思っている。

「それじゃ、旦那、俺の言うとおり、隠れたほうがいい。牢番が来て旦那を見つけたら、きっと怖じ気づいて見張りの兵士を呼び、明日、棺を別の場所へ運ばせることになるから」

「礼を言うよ」紳士は言い、ルイ金貨をもう一枚ポケットから取り出して言った。「取っておきなさい。私は隠れることにしよう」

「ご覧のとおり」墓掘り人は笑いながら言う。「穴は深くないし、俺はもう疲れて、これから牢番が着くまでに大して掘れませんよ」

紳士は身振りで感謝の意を表し、急いで茂みのある一画へ向かい、姿を隠した。墓掘り人は仕事を再開した、というより再開する振りをした。

この会話は声を低めることもなく交わされたため、オリヴィエとコジモは一言残らず聞き取れた。

「これで、僕たちの計画に邪魔が入る心配はないことがわかった」オリヴィエが言う。

「ええ。ただ、その点では安心ですが、別の心配があります」

「何だい、コジモ?」

「あの紳士の存在です」

「侯爵が手紙に書いてあったとおりじゃないか」

「ともかく、あの男の態度が気に入りません」

「僕は、言わせてもらえば、あの人が近くにいるとわかって嬉しいよ。万一のときには力を貸してくれるかもしれないし」

コジモは答えようとして口を開きかけたが、たまたま空き地のほうへ目をやると、凍りついた。声が喉元で詰まって話ができなくなり、オリヴィエの腕をつかんだ……青年も、何が起きたか理解した。

男が二人、やって来る。服装から、バスティーユの牢番だとすぐに見てとれる。

二人が持つ担架は、すり切れた黒い綴織の布で覆われている。布の下から棺がのぞいている。

「早く来い、のろま!」墓掘り人が声をかける。

「わかった、わかった!」牢番の一人が答える。「どうにもしんどくてな」

「恐ろしく重いんだ」もう一人が答える。

二人は穴の縁まで来ると、布を取りのけた。そして、息を合わせて担架を揺すり、棺を放り出した。

棺は地面に落ち、ずしんという音がオリヴィエの胸に重く響く。

「ひどいやつらだ！」オリヴィエが怒りに駆られてつぶやく。

「若様、落ち着いて」コジモが懇願する。

牢番たちは担架を下ろした。

「ほら、のんびりしている暇はないぞ」一人が言う。

「穴はちっとも深くないな」もう一人が言い、墓掘り人をなじる。「まったく！　怠け者め！　お前さんがせっせと働くのは長官殿のためだけだな。しがないブルジョワでも、これより三ピエは深く掘ってほしがるだろう……」

「死人が逃げ出すのが怖くないのか？」

「まさか。まあ、今度の独房は狭すぎると文句を言われるかもしれんがな」

この冗談はおおいに受け、笑い声が上がった。

隠れているオリヴィエとコジモは、気が変になりそうだ。

大笑いが収まり、牢番が棺を穴に引きずり下ろすのを手伝いながら、墓掘り人が言った。「この囚人は大物じゃなかったようだな」

「そうらしい。俺の知らない男だ」牢番の一人が答える。

「これでよし。土をかけるのを手伝ってくれ……」

棺に土が一すくいずつかけられる陰鬱な音は、誰でも知っている。胸を詰まらせ、目に涙をためながら、友の、家族の墓穴の縁に立ち、その不吉な音を聞いたことがあるはずだ。心の中で永遠の弔いの鐘のように響くあの音を……。

オリヴィエの苦痛はいかばかりだったか。墓に閉じ込められているのは死者ではなく、生者だと知っているのだから。

その光景に耐えられない彼は、苦痛のはけ口を見つけた。泣き出したのだ。

年老いたコジモは死体よりも青い顔をして、オリヴィエと同様に目を背けている。

やがて静かになり、作業が終わったことがわかった。目を上げると、さっきまで穴があった所に、こんもりと土が盛り上げられている。

三人の男は立ったまま無駄口を叩いていた。だが、実直な墓掘り人は紳士が身を隠している方向へ一度ならず目をやりながらも、牢番たちの注意をそらそうとして言った。

「お前さんたち、一本おごるよ」

「よしきた、ひとり一本ずつ飲もうじゃないか」と二人が答える。

三人は去っていった。

彼らの姿が見えなくなるかならないうちに飛び出そうとするオリヴィエを、コジモが止める。

「若様、あの紳士のことをお忘れですか！」

「構うもんか」

「侯爵様の命令は絶対です」

「命のほうが大事だ。もう邪魔するな、コジモ。畜生、こうしている間にも、お前は主人を殺しているんだぞ」

「いいえ、私は旦那様に従います……ほら！　ご覧なさい、あの紳士です。何をするか見ましょう」

見知らぬ紳士は積み上げられたばかりの土の小山のすぐ近くに立っている。その小山だけが、囚人の終の住処を示している。

豪奢な羽飾りのついた帽子を脱いだのは、墓に敬意を表するためというよりも、夕暮れの涼しい風を額に当てるためだ。もっと近くに寄れば、オリヴィエとコジモはこの見知らぬ男の額に不穏な考えの数々が浮かぶのが見えたかもしれない。

周囲に誰もいないからというより、自分自身の悩みと悔いで頭がいっぱいになって、狂おしいような身振りで乱れる心をあらわにした。

そして、軽はずみにも、秘密を大空の下で堂々と口にしたのだ！　すぐ近くで無遠慮な耳がそれを聞きつけ、やがて最強の武器として利用するかもしれないなどと思いもせずに。

「先生、ここにいるのですね。おお、わが師よ！　死んだことになっているが、生きている。それを俺は知っている……。

あんたは自分の科学を誇っていた。だが、その科学はどうなった？　そこで、地面の下で、あんたの心臓はまだ動いている。けれども、誰がその鼓動を聞くだろう、俺の他に？……

軽率だったな！　あんたの弟子が、毒殺魔エグジリの弟子が、昔ユダがしたように師を裏切ることを、予想しなかったなんて！

あんたから科学の鍵を受け継いだ俺が、今になってあんたを必要とするか？　究極の奥義は教わっていないが、あんたはじっとしていればいい、俺が自分で見つけるから。

フフ！　フフフ！」男は不気味に笑いながら続ける。「老いぼれ師匠も、もう弟子を馬鹿にできない。師が死ねば、今度は弟子の天下だ。今日からは俺だけが、恐るべき死の秘密を握る」

男はしばらくじっとしていた。それから帽子を頭にかぶり直し、憎々しげに足で小山の土を押しやった。

「先生」男はせせら笑いながら言う。「俺の姿が見えるなら、きっと見とれるだろうな。俺の立場だったら、あんたも同じことをするはずだ。師も共犯者もいらない。俺はあんたにふさわしい弟子さ。エグジリよ、さらば。弟子のサント＝クロワからの永遠の別れの挨拶だ。さらば」

そして、男は振り向きもせずにその場を去り、墓掘り人に教えられた塀の破れ目まで大股で歩いていった。

決行の時だ。

コジモは、オリヴィエの怒りを抑えることで力を使い果たしていた。

二人のどちらにも、紳士の独白は聞こえなかった。感情の高ぶりを表す声が風にのって時おり低く耳に届くだけだった。しかし、男の素振りから、敵であることは明白だった。

男が恐るべき秘密を知っており、侯爵を足蹴にして永遠の眠りに押しやったことが、オリヴィエにもコジモにもはっきりとわかった。

オリヴィエは何度も男に駆け寄り、飛びかかって殺したいと思った。コジモは力を振り絞ってそれを押しとどめた。

「闘うのは時間の無駄でしょう。若様が勝つに決まっていますが、時間が惜しいではありませんか？」

「悪党め！　このままでは済まないからな」

見知らぬ男はとうとう木々の陰に姿を消した。
コジモとオリヴィエは、穴の傍まで飛んでいった。

第十二章　蘇生

ここはどこだ？

エグジリは、目覚めたばかりのぼんやりした頭で、まずそう思った。暗い場所で暮らすのに慣れた目には、二つの高い窓から燦々と差し込む強い陽光が痛いほどだ。

苦労して立ち上がり、目を丸くして周囲を眺め回す。

部屋はかなり広く、簡素な装飾は僧院を思わせる。

自分が寝ていた小さな低い寝台、寝椅子、革張りの椅子が数脚、書見台つきの机、洗面台、杉材の櫃《ひつ》、むき出しの壁に取りつけられた棚板に並ぶ数冊の本。それらが、部屋にあるすべてだ。

室内をざっと見渡してしまうと、心もとない足取りで部屋を横切り、ガラス窓の一つを開けて、朝の空気を深くゆっくり吸い込む。胸がすっとして、焼けつくようだった肺が自在な働きを取り戻す。

すでに陽は高く、庭の木々のてっぺんで鳥たちが賑やかにさえずっている。

正面に見える館は両翼の屋根が青い台形で、建築様式からすると、故ルイ十三世の時代に建てられたものだろう。

「ここはどこだ？……」エグジリは片手で額をこすりながらまた自問する。「記憶がベールに覆われてしまったようだ。何もかもぼんやりとしか思い出せない……。

だが、幻に操られたりはしないぞ。この脳は、空しい空想、いい加減な夢想、人を欺く幻覚にむしばまれはしない……。

そうだ、わしは国家の囚人として闇に放り込まれ、バスティーユの狭い監房の淀んだ空気に浸っていた。

思い出した！……思い出したぞ！……。

これは夢ではない！……

オリヴィエが来てくれたのだ！……

この僧坊のような部屋はオリヴィエの住まいに違いない……自由の身になったのだ！……

ああ！　どれほど太陽を見ていなかったことか、きれいな澄んだ空気と花の香りを吸っていなかったことか、木々に止まった鳥たちのさえずりを聞いていなかったことか。

そう、その昔、遠くで、イタリアの暖かく優しい空の下で、わしは若く、美しく、裕福で、身分が高く、愛されていた。

わが邸宅の白い壁の足元を、テベレ川や、ナポリ海や、アドリア海の青い波が洗っていた。

わが別荘《ヴィラ》の列柱と白い大理石が、広々としたコモ湖やガルダ湖の水面に映っていた。

わしはそれら地上の楽園の王だった。

おお、わが青春、美貌、財産、名声、名誉、力、愛、自由。そう、わしはそれらすべてを捧げたのだ。暗く、冷酷で、妬み深いあの神の苦い歓心を得るために。

おお、科学よ、無慈悲な愛人よ。そなたを愛する者は、数多《あまた》のいけにえを捧げなければ気が済まない。大勢の人間をいけにえとしたわしに、そなたは何をしてくれた？

いけにえと引き換えに、何を与えた？

子供がいずれ学校で教わるような二、三の秘密だけだ。

そして、死よ、生の青ざめた姉妹である死よ。そなたはけっして裏切らなかった。わしが不吉な色で彩ったそなたは、暗い実験室から牢獄の暗闇へ、そして闇夜の墓場へと移動するわしを見ていた。その腕で眠っていたわしを、なぜ抱いたままでいなかったのか？

そのおかげで、わしはこのように老い、辱められ、主に背いてその足元にひれ伏す天使のように、打ちひしがれている。

おお、神よ。あの鳥たちが歌う歓びの賛歌、貴方が造りたもうた翼ある音楽家たちの天上の旋律だけで十分です。『毒薬の達人』と呼ばれた男の誇りを打ち砕き、泣いたことのない目から涙を溢れさせるには、他には何も要りません。

わしが何者だったか、どうなったかを、ご覧になったでしょう。堕落と幻滅の人生をご存じだ。どうか精神の安らぎを、心の休息を、魂の平和をお与えください。

過去を忘れさせ、自由と共に希望を取り戻させてください。神様はわしに自由を与え、選ばれしわが子の愛を与え、わしを救うために彼をつかわしたのですから」

「そのとおり、父上は自由の身です。そして、父上の息子はここにいますよ！」喜びに満ちた声が高らかに響く。

「オリヴィエ！……」

「父上！……」

エグジリは駆け寄ろうとした。しかし、尋常ならぬ体験のせいで手足はまだこわばり、意のままに動かない。

オリヴィエは彼のよろめく体を抱きとめ、長いこと抱きしめていた。それから、養父の体を子供のように抱き上げ、寝椅子のクッションの上に優しく横たえた。

そのとき、エグジリの視線がコジモの視線と合った。コジモは慎み深く戸口に立っている。

「懐かしい友よ、お前もここに来て、抱きしめてくれないか?」

「侯爵様は相変わらずお優しい」そう答えながら、コジモはひざまずいて元の主人の抱擁を受けた。

「今日ばかりは、恩義があるのはわしのほうだ」エグジリが言うと、その厳しい顔にまばゆいばかりの笑みが浮かんだが、その笑みは稲妻のように一瞬にして消えた。

「すべてにご恩を感じているのは私のほうです、旦那様。旦那様には私への恩義などございません」

「違うのですよ、父上」オリヴィエが若者らしく勢い込んで言う。「コジモがいなければ、早まってすべてを台無しにするところでした」

「息子よ、それも若さの特権だ」

「僕が考えなしで軽率に動いていたら、万事休すでした。でも今回、よくわかりました。これからは自制して、冷静に考えることができると思います」

「それこそ、人の上に立つためにまず必要な心得でもあるぞ」エグジリが歌うように言った。「だが、オリヴィエ、わしの真似をしてはいけない。今度ばかりは、天使を装いたがる者が獣になることを思い知らされた」

「その言葉が他の口から出たら、冒瀆者として、舌を真っ赤に焼けた針で突き刺してやるところです」

「なあ、コジモ」エグジリはおずおずと言う。「どこかに、あの秘薬の小瓶が忘れられていないだろうか？　腕に力を、目に光を、心に喜びを与えるあの薬を？……

ためらっているのか？」

年老いた従僕は、答える代わりに曖昧な身振りをした。

「お前の言いたいことはわかる……。

効き目と同じくらい副作用もあること、薬による活力が普通の倍の速さで衰えることもわかっておる。それでも、あの秘薬があれば、長い昏睡状態の後に残る最後の靄が晴れるだろう……。

オリヴィエの健康を祝して飲むとしよう」

「仰せのとおりに……旦那様も若様も、わがままなお子様と同じですが、従うしかありません」コジモはそう言い、小箱を開く。

金属で覆われた平らな小瓶を取り出し、注ぎ口を密封していた水晶の栓を抜く。杯に満たされた液体は溶かした金のようにトパーズ色の輝きを放つ。コジモは何も言わず、その杯を主人に差し出した。

エグジリは一息に飲み干した。

一分もすると、エグジリのこわばった四肢は柔かさを取り戻してよく伸びるようになり、顔にも温かそうな赤みがさし、唇には微笑が浮かび、目は黒いダイヤモンドのように凄まじく輝いた。

「生命力が体にみなぎるのがわかる。

ほら、コジモ、どうだ？」エグジリは従僕の目の前に立ち、まるで目に見えないバネが反発したように体をすっくと伸ばし、彼の肩に手を置いた。

「すっかりお若くなられました。夕方までは効き目が続くでしょう」

「さて、今度は身支度だ」

「すぐにできます、もう用意がございますから」

コジモは手際よく主人を着替えさせ、レースのカフスがついた薄手の麻のシャツと、空色のサテンのリボンと飾り紐つきの黒いビロードのジュストコール（体にぴったりと沿う膝丈の上着）と、半ズボンを身に着けさせた。黒い絹のストッキングと赤いハイヒールの靴で、渋く優美なスタイルが完成する。

着替えが済むと、コジモは主人の肩までかかる髪を刈り、ベルトまで伸びた黒い髭を剃り、口髭だけは繊細かつ丁寧に、男らしく整えた。

それらの作業が終わると、主人のむき出しになった頭に巻き毛のかつらをつけ、その上に羽飾りつき帽子をかぶせ、象牙の握りのついた黒檀の杖を渡すと、自作に向き合う芸術家のように一歩下がった。

エグジリは上機嫌でコジモの点検を受け、それから鏡を眺めて自らの変身ぶりに満足したようだった。

「うむ、よろしい。

バスティーユの囚人服は始末してくれただろうね？」

「ええ、跡形もございません、灰さえ残しませんでした、侯爵様」

「フロランツィ侯爵は三日前に死んだのだぞ、コジモ。

お前が仕えているのはクロンボー伯爵だ」

「どことなく陰気で恐ろしげな名ですね」とオリヴィエが言う。

「たしかに恐ろしく、陰気だな。

デンマークの城砦の名だ（コペンハーゲンの北約三十キロメートルにあるクロンボー城はシェークスピアの悲劇『ハムレット』の舞台としても知られる）。その城砦は国家の監獄でもあり、喪服を着た老女のように黒々とした姿で、エーレスンド海峡の通行を守る大砲のようにいつも口を開けておる。

この名はわしにふさわしい。わが運命と調和し、約束を守ってくれるだろう」

「それなら安心です」コジモが満面の笑みをたたえて言う。

「さあ、オリヴィエ。わしの埋葬から蘇りまでに何があったか、話してくれ」

「父上、申し上げるまでもなく、お手紙に書かれた指示はすべて、一言ももらさず綿密に確認し、細心かつ正確に実行しました。

日没の一時間前には、バスティーユの墓地にいました」

「例の紳士を見たか？」

「はい」

「それで？」

「その人はまず墓掘り人と話しました。そして、隠れました」

「それから？」

「墓掘り人と牢番たちが作業を終えて立ち去ると、紳士は隠れていた場所から出てきました。

僕は、彼が父上を救い出すのだと思いました。

でも、違いました」

「やはりな」

「彼は足を墓の上に載せました。まるで父上をもっと深く地中に沈めようとするように。

そして、何か声に出して言いましたが、離れていたので何と言ったかは聞き取れませんでした。ただ、仕草と、冷笑を浮かべた顔からして、きっと蔑みか呪いの言葉だったに違いありません」

「思ったとおりだ。だから、迷わずお前に頼んだのだ、忠実なるコジモを伴って、あの時間に来てほしいと。

極刑に値する罪を犯させたことは、わかっている。国家の囚人の墓を暴いたのだからな。わしの命なら喜んで差し出すが……」

「父上」オリヴィエがさえぎって、きっぱりと言う。「卑しい者は、動物にとってさえ自然なことを人間らしく英雄的な行いとみなしますが、父上の気高い魂はそんな考えを超越しています」

「よく言った、息子よ。

人間が人間と呼ばれるに値するのは、死を恐れず、義務を果たすことにより、下等な生きものより優れていることを示すときだけだ。

ただし、人間がおおいに誇りとする理性は、本能の姉に過ぎない。

科学は人間に神の姿を見せてくれるが、神の許に至るためには、祈るしかない」

「世迷い言をおっしゃる」コジモがつぶやく。

「何だって！　不信心者め」オリヴィエが叫ぶ。「父上の教えが、お前の賢しげな耳にはなじまないのか？」

「説教師のつまらない話は、若様の耳よりも、旦那様の素直なお耳になじむのではありませんか？」

「コジモは実にいいことを言う」エグジリが満足そうに言う。「オリヴィエ、続きを聞かせてくれ。紳士がわしの遺体を辱め、足で踏みつけたそうだな」

「はい。それで、僕はかっとなりました。駆け寄ってその場で短剣を突き立ててやろうとしましたが、コジモが腰に抱きつき、年に似合わぬ力で押しとどめました」

「おい、おい、コジモ！」エグジリが得意顔で言う。「それは、さっきわしに出し渋ったあの妙薬が効いたのではないか」

「ああ、旦那様！　旦那様が調合してくだされば、地獄でも飲み干していたでしょう。オリヴィエ様が手を焼かせるだろうと見当をつけておりましたから」

「お前が重ねて来た馬齢をオリヴィエに与える薬でも飲ませればよかったのだ」

「クロンボー伯爵が、フロランツィ侯爵の年老いた従僕をからかうのはご自由でございますが、オリヴィエ様の話を聞けば、私が間違っていたかどうかおわかりになるでしょう」

「そうだな。わしと同じく、その若さゆえの素晴らしき愚行がうらやましいか。われわれもかつて幸せだった頃、同じことをしたが……。ところで、何を考えているのだ？」

「お食事のことでございます」

「なるほど、下がっていいぞ」

コジモは言われるが早いか隣室へ下がり、昼食の準備に没頭した。

「もうお話しすることはあまりありません」オリヴィエが口を開いた。

「紳士と呼ぶにはふさわしくないあの男が墓地を去るやいなや、われわれは父上から指示されたとおりにしました。

土を払いのけて棺の蓋を持ち上げるのに時間はかかりませんでした。

そのとき、僕は一瞬怯み、腰が引けました。でも、コジモににらまれて、エネルギーを取り戻したのです。

冷たくこわばった遺体を肩に担ぎ、墓地の塀の破れ目を通り、難なく馬車にたどり着くと、肩の荷を下ろしました。

そして、遺体の歯を短剣の刃でこじ開けて、手紙に添えられた小瓶の赤い液体を三滴、口の中に流し込みました。そして、少し間を置いてから、もう三滴、流し込みました。

その間、コジモは棺の蓋を閉じて釘づけにし、穴に安置して土をかけました」

「それなら」エグジリが言う。「墓掘り人が見ても、埋めたときのままのように見えただろう。そして、もしかつて同房だった仲間が心を入れ替えてまた訪れたとしても、わしは死んで、決まりに従って埋葬されたと思うだろう。

あいつも油断してはいられない。遠からず、あいつを亡き者にする算段をつけるつもりだからな。わしが死んだことになれば、弟子は自分こそ第一人者、敵などいないと思い込むだろう。

神をも恐れぬわしの実験を真似て、あいつが坩堝の上に身を屈めていたとき、あのガラスの仮面を打ち破っておけばよかった。だが、コジモも言うように、縛り首になって果てる人間は溺れ死にはしない。

いつか、わしが生きた痕跡をたどることも、死後にそれを見つけることもできなくなったとき、裏切り者は見えざる手で仮面をはぎ取られ、自らが作り出した毒で息絶えるだろう。

獣が死ねば、毒も消える……。

先を続けなさい、オリヴィエ」

「コジモが戻って来たとき、僕の手は、生きている遺体の胸に押し当てられていました。心臓がかすかに動き始めたところでした。

口は半開きで、息をしているようでした。小瓶に残った液体の最後の数滴を流し込んだらどうかと提案したら、コジモは断固反対しました。手紙に書かれていたやり方を守らなくては駄目だというのです。残りを飲ませるのは、十五分経っても最初の六滴が効果を発揮しなかったときだけだとありましたから」

「よろしい」

「馬車はゆっくりと走り、ヴィクトワール広場に近いわが家の前で停まったときは、もうすっかり夜になっていました」

「計算によれば、わしは四十時間の間、深い眠りに落ちていた。そのうち三十時間は人事不省だったわけだ」

「そのとおりです……。食欲はありますか？」

「うん、食べられそうだ、コジモの許しがあれば」

食事が済むと、コジモは手順どおり丁寧にコーヒーを淹れ始めた。

「さあ、おなじみの、ゆっくり効く毒ですよ」オリヴィエが言う。

「阿片の解毒剤でもある」エグジリが反射的に付け加える。

火傷するほど熱い液体がカップで湯気を立てると、コジモはイズミル（トルコの都市）産の赤い陶器製の長いパイプを二本持ってきた。金色のヒエログリフが刻まれた火皿に、東洋の色の薄い煙草が詰められている。

「さて」エグジリは、アメリカン・インディアンが「会議の火」の前で聖なるパイプを吸うときのように、真面目な顔で言った。「オリヴィエ、人生の修業時代をどのように過ごしたか、聞かせてくれないか」

「実を言えば、今の僕の生活は、ただ一つの出来事を中心に回っているのです」

「アモーレ（恋）だね」エグジリはため息と共につぶやく。

「はい、父上」

「よろしい、息子よ、お前の牧歌を聞こうじゃないか。きっとわしも幸福な頃を思い出して気分が若返るだろう。

『おお、春よ！　一年のうちの青春！

おお　青春よ！　人生の春よ』」

「僕の話は清らかな牧歌に始まり、悲劇に終わります」

「むしろ哀歌だろう」

「誇張しているわけではありません。まあ、聞いてください」

「わかった。もう口を挟むまい」

第十三章　父と母

　オリヴィエは実に雄弁に、詩情を交えながら、アンリエットとの恋物語をなれ初めから話し始め、収入役アニヴェルの唯一の相続人が父を失って苦境に追いやられた悲劇的終末までを語った。

「なるほど、いやはや、運命の紡ぎ車が見事に回ったのだな」エグジリは奇妙な笑みを浮かべて言った。

「父上……」

「死者には弔いの祈禱が聞こえないものだ。お前の新しい家族のことを少し知っておくのも、無駄ではあるまい。

　アニヴェル未亡人は立派な婦人だと言われており、そのとおりだとわしも思う。

　アニヴェルは、例によって抜け目のないやり手だった。

　お前さんのアンリエットはまさに天使だ。だが、天使には翼がある。誰かがその父親を天国に送り込まなければ、お前は彼女が飛び去るのを目の当たりにしただろう」

「彼女は結婚が決まっていました」

「息子よ、お前と同じく、お前と離ればなれになってからのわしの生活も、ただ一つの出来事によって転機を迎えた。

人生の黄昏にあって、わしはお前の青春に微笑んでいた。

壁に耳ありというのは、バスティーユにも言えるのだよ。

墓石のような牢獄の奥でも、外の世界とつながる手立てがあった。それで、苦い思いで満たされたわが心も、お前の若い恋の炎で浄化された。

もしもアニヴェルに父親らしい心があり、娘を犠牲にすることを考え直していたら、彼の名を生者の名簿から消したりはしなかったのだが」

「父上が！」

「そう、わしだ」

「誰の手で？」

「プノティエ殿だ」

「聖職者総収入役になった？」

「そのとおり」

「どうやって？」

「いずれわかる。……コジモはいるか？」

「はい、旦那様」

「プノティエ殿に話がある。

たぶん自宅か徴税請負人事務所にいるだろう。

エグジリの友人が会いたがっていると伝えてくれ。

そして、彼をここへ連れてきてほしい」

コジモはうなずいて出かけた。

「エグジリの友人?……」

「いけないか?」

オリヴィエは考えているようだ。だが、彼の視線は養父の視線を避けているように見える。

「エグジリと同じ監房にいたのが、バスティーユの墓場で恥ずかし気もなくわしを置き去りにした、あの裏切り者だ。エグジリは彼を弟子にしたが、秘術をすべて授けたわけではなかった。

彼の名は、ゴーダン・ド・サント=クロワ。

名家の私生児だが、それをひた隠しにしている。

彼は人間の屑、遊び人、個性も才能もなく、うぬぼれ屋で、弱さと虚栄心から何でもやりかねないが、ときには善い行いもする。

ノルマンディ連隊の士官で、騎兵連隊長ブランヴィリエ侯爵の親友、その妻の愛人でもある」

少し間を置き、エグジリは続けた。

「その妻こそ、アニヴェルが死んだ日、お前が手を貸して馬車まで連れて行こうとした、あの美しい侯爵夫人だ。お前の友人、警備隊の中尉タンカルヴェル騎士が、姉のド・サルモン夫人宅で会ったことがあると言っていた婦人だ」

「父上の記憶力はベテラン判事なみですね」

エグジリはそのお世辞に微笑み、続けた。

「さて、順を追って話そう。

プノティエは一連の出来事を傍観し、ブランヴィリエ侯爵が妻の不貞を疑いもしないことを知って、侯爵夫人の父、民事代官ドルー・ドーブレに彼女を告発させた。

夫人の父は高潔な人間で、家門の名誉を何よりも重んじたため、勅命拘引状にサント＝クロワの名を書き入れ、彼を直接バスティーユへ送り、一年間閉じ込めておいた。

サント＝クロワはわしよりも二十四時間早くバスティーユ監獄を出た。

プノティエは狐のように狡猾で、猫のように腹黒く、老いぼれの猿のように性悪だから、サント＝クロワを監獄に訪ね、彼に火中の栗を拾わせようとした。

そうやって、エグジリの毒薬を手に入れ、その毒薬でアニヴェルは即死した。

ドルー・ドーブレは娘が改悛してくれるものと信じているから、真相を知ったらさぞ驚くだろうな。彼女がその手で、笑みまで浮かべ、三万リーヴルを代償に毒を盛ったと知ったら。まあ、そのおかげでプノティエが手に入れる四百万リーヴルに比べれば、はした金だが。だが、わしがそうはさせない。

正義とは何か、思い知らせてやる。

あいつも世知に長けた男だからな」

「何ですって！　そんな大罪を恥ずかしげもなく犯すとは」

「宴会の客たちの目の前でな」エグジリが付け加える。

「殺人者が罰せられないままでいいはずがありません。

そうだとしたら、神の存在そのものを疑うようなものです」

「いや、罰するのはしごく簡単だ！

プノティエは子供のように震えるだろうし、サント＝クロワは出来の悪い小学生も同然さ。

侯爵夫人のほうは実に無邪気だが、犯罪者の天分があるから、もっと大それたことをしでかすだろう」

「父上の微笑みを見ていると、心なしかぞっとします」

「お前の上司、モンドリュイ氏の事務所とは違う世界なのだ。モンドリュイ氏はシャトレ裁判所の裁判官、お前も刑法の専門家になるのだな」

「父上の期待に応えるつもりですよ。でも、あの若い夫人について考えると、心穏やかではいられません。僕の頭ではとても理解できません」

「あの女は一六五一年に二十一歳で結婚した。だから、今年で三十六歳。父親違いの子供が何人もいる。ブランヴィリエ侯爵は一貫して妻の不貞を平然と見過ごしているからな」

「情けない男ですね」

「うむ。だが、ブランヴィリエ侯爵夫人は、侮れない。

古い格言はあの女にも当てはまるだろう——『姦婦すなわち毒婦なり』」

「あの人の顔は聖母のように優しく、目は子供のように澄んでいました。私が見たあの日、あの人は泣いていて、悲しみのあまりおぼつかない足取りさえも優美で、ちょっとした仕草一つとっても魅力的でした。銀の鈴を振るような声音はまだ耳に残っているようです」

「書物以外で自然史を学んだ経験がある者は、人間のような顔をしながら下等動物に等しい不可思議な生きものを知っているかもしれない。

侯爵夫人がお前に与えた印象はこんなふうにも言い換えられるのではないか——雌猫の媚を含んだ優美さ、毒蛇の魅惑」

「まさに！」オリヴィエは不意に啓示を受けたように叫ぶ。

「目は静かで冷ややかだった……

あの人の艶々した手に触った。

その手はしなやかで冷たく、爬虫類の体を思わせた」

「オリヴィエ、聞くのだ。

これからお前が聞くのは、エグジリの予言だ。毒薬の達人は、人間を分析し形成する術を知っている。

あの女は、魂に地獄を秘めている。

メッサリナ（ローマ皇帝クラウディウスの妃。愛人との陰謀が露見して処刑された）も顔負け、ロクスタ（古代ローマの女性暗殺者）もやっかむほどだ。

彼女は悪の道を転げ落ちようとしているが、もはやどんな人間の手も、それを止めることはできない。

あの女は、金と完全な自由がなければ駄目なのだ。

父親は厳格で、監視の目を光らせている。彼女は父親に見せかけの優しさを振りまきながら、毒を盛るだろう。

二人の弟にも毒を盛るだろう。生家の遺産を独り占めするためだ。

娘にも毒を盛るだろう。美しく成長するからだ。

お人好しの夫にも毒を盛るだろう。愛人と結婚するためだ。

愛人にも毒を盛るだろう、飽きてしまったら。

死神が彼女の手を引き、運命の女神が彼女を後押しする。

お前は見ることになるだろう。ノートルダム広場で彼女が裸足で親殺しのベールをかけられ、松明を手に持って、それから、グレーヴ広場で死刑執行人によって右手を切り落とされ、首を切られるのを」

「恐ろしい……」

「自然には見えざる掟がある。

自然は、地を這う蛇にも、空を飛ぶ鳥にも等しく命を与える。

しかしながら、とぐろを巻いてじっとしている蛇は、射すくめられた鳥に言うのではないか。『空から下りておいで、死ねるから』」

「なるほど」

「アンリエットは鳩のように優しく純粋だ。いつか、蛇に射すくめられる日が来るだろう。お前自身も、蛇に見られ、微笑みかけられたのだ……。

オリヴィエ、気をつけなさい」

「鷲は爬虫類を八つ裂きにする。

父上はサント＝クロワの息の根を止めてください。

僕がブランヴィリエ侯爵夫人の行く手を阻みます。彼女を死刑執行人の手に渡すのは僕です」

「あの男はわしの手で亡き者にする。そう誓ったのだ」

「僕は、愛にかけて誓います……」

「やめなさい、オリヴィエ。

運命の前ではじっとしているがいい」

「なぜです？」

「本当のことを知りたいか？」

「はい」

「ブランヴィリエ侯爵夫人は、お前の母親だ！」

オリヴィエは両手に顔を埋め、泣いた。

エグジリはそれをじっと見ている。

エグジリが沈黙を破る。

「そうなのだ」エグジリの声はよく響き、養子の心の琴線を大きく震わせる。「父を蔑み、怖がらずに母に接吻することもできないとは、子にとって残酷な話だが」

エグジリは一息ついて、続けた。「わしはたった今、これまでで最も難しく最も危うい仕事を終えた」

「父上は私の魂に毒を盛った」

エグジリは立ち上がるが、まるで悪魔の手が肩に置かれたかのように体が重い。

衰弱の兆しからどうにか立ち直り、エグジリは抑えた声で言った。

「非難されても仕方ない。だが、母なる自然はありがたいな、オリヴィエ。お前の傷を癒してくれる薬を差し出してくれている。

さっき、あの木陰を若い娘さんが通るのを見た。

きっと、お前の婚約者だろう。この窓のほうをじっと見ていたから。

百合のように美しい人だ。彼女を見ることが解毒剤になろう」

オリヴィエとアンリエットが示し合わせておいた合図を交わしていると、扉が開いた。

コジモが告げる。

「聖職者総収入役のプノティエ様がお見えです」

第十四章　アンリエットの持参金

この面会をするにあたっては時間をたっぷりかけて覚悟を決めたというのに、収入役の顔は漠とした不安を隠せない。亡きエグジリの恐るべき名が乱れた心に本能的な恐怖をかき立てているのは、一目瞭然だ。

オリヴィエが椅子を勧め、プノティィエは腰を下ろす。

「どなたにお話しすればよろしいでしょうか？」目の前に腕を組んで立つエグジリに向かって、プノティィエが尋ねる。

「私の顔に見覚えは？」

「お声を耳にするのも、眼差しを合わせるのも初めてでないように存じますが、どうも記憶が混乱しておりまして、はっきりしないのです」

「私はクロンボー伯爵。貴方が思い違いをなさっているのは、血族同士よく似ているためです。エグジリは私の兄でした」

「兄上がバスティーユでお亡くなりになったとうかがい、誠に残念です。兄上は科学を究めた方でしたから、数多の奥義をあの世へ持ち去ってしまった」

「すべて持ち去ったわけではありませんよ」

エグジリは続けた。

「兄の遺志に従うためにイギリスからやってまいりましたが、すぐに帰国せねばなりません。用件を手短に申し上げましょう。兄の望みは、われわれが、直ちにアニヴェルの相続を済ませることです」

アニヴェルの名が出ると、プノティエは手を大きく広げた。

「私は彼の友人でした。彼の事業とその運営について知っていることが、この大いなる破綻のあとに残されたいくばくかを救う手助けになるかもしれません。とはいえ、この相続はひじょうに込み入っております。アニヴェルの資本を動かせるのは本人だけでした。彼の力はすべて彼の信用のうちにありました。不幸にしてその彼がもう舵取りできなくなり、いわば船体も積み荷も失われてしまったわけです」

「船体は失われた。だが、積み荷は違う」

「アニヴェルの債券の額面は総額四百万リーヴルですが、評価額は十万リーヴルというところで、それ以上の値はつきません」

「なぜだね？」

「アニヴェル自身が擬制資本を運用している間は債券に価値があるが、支払期限が来たとたん、価値はなくなります。

すべてはこの一言に要約されるのです――アニヴェルは死んだ！」

「即死だった」

「彼の代わりに責任を負える人がいるでしょうか？　終わりの時が来れば、去る他はありません」

「そう、たとえ、おせっかいな手が時計の針をちょっと進めた場合でも」

「それは、アニヴェルの死について、兄上が考えそうなことですな」

「実は、私も兄とまったく同じ見方をしているのだ、プノティエ殿。

こういうことです。

アニヴェルの資産はすべて、好調な事業につぎ込まれていた。

その資産を取り戻すには、確実な資本さえあればいい。

それをわれわれで分けませんか。

徴税請負人事務所は目と鼻の先でしょう。

五十万リーヴルの手形を四枚、出してもらいましょう。受け取りはパリ、ロンドン、ウィーン、ローマで。残りの半分はそちらの分だ」

「本気でおっしゃっているのですか、伯爵？」

「貴方はふざけているとでも、プノティエ殿？」

「署名一つで徴税請負人事務所の金庫から二百万用意できるなんて、ご冗談でしょう」

「それなら、お宅の金庫からでいい」

「私の金ではありません。預かっているだけです」

「どうもわかり合えないようだね」

「当たり前です。伯爵のご提案はまったく理解できません」

「もっとはっきり言おう。一時間以内に二百万を、五十万リーヴルの一覧払い手形四枚に分けて用意できなければ、エグジリが墓を抜け出て、貴方の館へ現れる」

「部下が下に何人もいます。私が窓から顔を出しさえすれば……」

「荒れ果てたアニヴェル邸を見るために？」

「何をおっしゃりたいのです？」

「貴方が手を下したと――少なくとも兄の遺言によれば――、そして、アニヴェルの令嬢アンリエットへの遺産を今すぐこの部屋で渡せと、言っているのだ」

「これは罠ですか？

忠告しておきますが、こんな真似をしても、ご自分の身にはね返ってくるだけですよ」

「出ていきたければご自由に、プノティエ殿。

ただ一言だけ付け加えよう。

エグジリが墓を抜け出るだろうと、さっき言った。

バスティーユの墓地へ行き、彼の棺を開けてみるといい。

空っぽですよ」

「エグジリの死体が消えているというのなら、彼がやって来るのを待とうじゃありませんか」

「どうも兄の新たな化身に気づいていないようだな。

彼は名を変え、顔も変えた……。

私によく似ている。

私をご覧なさい」

プノティエは一瞬たじろいだ。そして、声を絞り出し、懇願するような身振りでゆっくりと言った。

「署名する用意はできていますが、その前に説明を……」

「もうわかっている」エグジリがさえぎる。「事務所へ行き、手形を用意して、命があることを私に感謝するんだ」

プノティエは木の葉のように震えながら、早速その命令に従った。

扉が閉まりきらないうちに、コジモがまた顔を出した。

「伯爵様、アニヴェル夫人とお嬢様がお待ちです。お二人ともひどく気をもんでおいでです。オリヴィエ様に毎日お目にかかっているのに、私の手落ちで、何もお知らせしていなかったものですから……」

「モメント（ちょっと待て）」

エグジリがそう言ったとき、コジモの姿はもうなかった。

第十五章　贖罪

エグジリは暗い目をして、マントを肩に掛け、オリヴィエを見る。彫像のように動かず、顔面蒼白だ。

「古《いにしえ》の時代には、不幸な人々や罪人さえ安らかに憩える神の家があった……さらばじゃ」

「父上、不幸せだとおっしゃるなら、私に慰める力があるか教えてください」

「おお、愛する息子よ、最後にもう一度そう呼ばせておくれ。この言葉を神に伝える天使が、きっと毒殺者エグジリにも神の恩寵をもたらしてくれるだろう。エグジリは墓場の蛆虫のために働いてきたが、人間の美徳の表れであるお前のような人間も育てたのだから」

「僕が抱く父上への情愛は、自然に生まれる愛よりも思慮深く深遠で、人間らしく神聖なものです」

「心にこみ上げるものが喜びであれ苦しみであれ、友の声、息子の声は何と耳に快いことか！　お前の気持ちを疑って、悪かった。お前が来てくれなければ、わしは絶望のうちに死んでいた」

「裁く者はいずれ裁かれます。父上のことは何も知りませんし、知りたいとも思いません。エグジリは自分を責めるかもしれませんが、彼の息子は父を疑いません」

　エグジリの膝が震え、両手はわななないて空へ突き上げられる。

「おお、神よ！　神に誓って、わしは暗殺者ではありません。神に大いなるひらめきを授けられ、人から天才と呼ばれました。そして、そのひらめきを、光り輝くままに、神殿に捧げる永遠の灯火のように守ってきただけです。死すべきものである人間について、精神が物質に及ぼす力について、研究しました。死だけが生の秘密を握っているからです。同じ探究をする者たちに恵みあれ。わしの魂は光を見出すには影があり過ぎる。年寄りは子供に返り、のろのろと丘を登るわしの姿を見た人は、下ってくるのが同じ人間だとは気づかないだろう……キスしておくれ、息子よ」

しばらくして、隣室から出てきたプノティエがエグジリに手形を渡し、一言も交わさずに出口へ向かった。

コジモが合図をする。

二人の訪問客が招じ入れられた。

アンリエットが先に入ってくる。

そして、真っ直ぐにオリヴィエの腕の中へ飛び込んだ

「愛し合う二人が結ばれます」エグジリがかすかな笑みを浮かべ、アニヴェル夫人に言う。

「どなたですの、とても悲しげで、とてもご立派なこの方は？」アンリエットが婚約者にごく小さな声で問う。

「父上だ……父上を愛してくれるね、アンリエット？」

「娘になりますわ」

エグジリはオリヴィエに紙入れを渡した。

「さあ、お前の妻の持参金と、わしからの結婚祝いだ。コジモがヴェネツィアに同行する。あそこなら、お前たちの愛を妨げるものは何もないはずだ。この世でわしが望むべくもなかった幸せを味わう

がいい」

アンリエットとオリヴィエの婚礼はその日の夕方、簡素に執り行われた。

式を終えた花嫁と花婿は教会の入り口で立ち止まり、参列していたクロンボー伯爵を目で探した。

エグジリの姿はもう消えていた。

ブランヴィリエ侯爵夫人に関する著作

1831.『La Marquise de Brinvilliers』Eugène Scribe, Castil-blaze
（Barba, 六六ページ）
三幕のオペラ、オペラ＝コミーク座で上演、ボイエルデュー作曲。
1839.『La Marquise de Brinvilliers』Alexandre Dumas
（連作 Crimes célèbres 第一巻）
1851.『La Marquise de Brinvilliers』Eugène Bareste
（Boisgard, 一六ページ）
1860.『Décadence morale du XVIIe siècle - La Brinvilliers』Jules Michelet
（La Revue des Deux mondes 第二六巻、五三八〜五六一ページ）
1883.『La Marquise de Brinvilliers』Edme Pirot（夫人の聴罪司祭）
（Lemerre, 全二巻）
1884.『La Marquise de Brinvilliers』Montjoyeux
（Marpon et Flammarion, 六〇ページ）
1896.『Les Empoisonnements de la Marquise de Brinvilliers』Paul Gaulot 序文（Henri Gautier, Récits des Grands jours de l'Histoire 第三三号、一六八ページ）
1899.『Le Drame des Poisons』Frantz Funck-Brentano
（Hachette, 三〇七ページ）（『パリの毒殺劇——ルイ十四世治下の世相』フランツ・ファンク＝ブ

レンターノ著、北澤真木訳、論創社、二〇一六年）
1903.『Le Calepin d'amour de la Brinvilliers』Olivier Paul
（Librairie Molière, 四四〇ページ）
1928.『La Marquise de Brinvilliers』Henri-Robert
（Grands Procès de l'Histoire, Payot, 第一巻）
1930.『Le Secret de la Brinvilliers』Armand Praviel
（Nouvelle Revue critique, 二七三ページ）
1931.『Vie et mort de la Marquise de Brinvilliers』Robert Burnand
（Tallandier, 二三五ページ）
1933.『La Marquise de Brinvilliers, empoisonneuse』Étienne Gril
（Ed. des Portiques, 二三一ページ）
1948.『Treize drames du poison』Léon Treich
（Amiot-Dumont, 一九六ページ）
1971.『Madame de Brinvilliers, la Marquise aux poisons』Jacques Saint-Germain（Hachette, 二五三ページ）
1983.『La Marquise des Ombres』Catherine Hermary-Vieille
（Olivier Orban, 五五七ページ）
2004.『Madame de Brinvilliers, marquise empoisonneuse』Jeanine Huas
（Fayard, 三五二ページ）

2010.『La Marquise de Brinvilliers』Agnès Walch
（Librairie Académique Perrin, 二五七ページ）

訳者あとがき

本書は、エミール・ガボリオ作“Les Amours d'une Empoisonneuse”の全訳である。底本には二〇一四年にパスカル・ガロデ社から刊行された原書（改題版）を用いた。

Le Diable de la Bastille
(*2014, Pascal Galodé éditeurs*)

同書の序文によれば、本作は一八六一年三月十八日、『ル・ロマン・エ・ル・テアトル（Le Roman et le Théâtre／小説と演劇）』誌第八十四号から連載が開始された。当初はタイトルが『ブランヴィリエ侯爵夫人(La Marquise de Brinvilliers)』、副題が「バスティーユ年代記（Chronique de la Bastille）」で、当時隆盛をきわめていた多くの連載小説と同様、版画による挿画で飾られていた。

ところが、ガボリオにとって初の小説として書き始められたこの作品は、数奇な運命をたどることになる。第十回までは順調に連載が進んだものの、一八六一年五月二十七日に第十一章が掲載されたあと、突如、中断されてしまうのだ。

原因は作者の目の重い炎症（リウマチ性虹彩炎）だったことが、ガボリオの遺族が保存していた主治医の手紙によってわかっている。医師にピレネー地方の温泉地での療養を勧められ、ヒルによる瀉血、パップ剤、点眼薬、ベラドンナという薬草など、さまざまな治療法を試したという。しかし、翌一八六二年まで炎症は完治せず、執筆が妨げられた。

この中断により、ガボリオは『ブランヴィリエ侯爵夫人』の連載再開を諦め、読者もこの作品のことを半ば忘れてしまった。その後、ガボリオは代表作で世界初の長編ミステリとされる『ルルージュ事件』（一八六五年）他を新聞に連載、出版して人気作家となるものの、一八七三年に四十一歳で早世する。

彼の死によってドル箱の書き手を失った出版人エドゥアール・ダンテュは、中断され忘れられていた『ブランヴィリエ侯爵夫人』に目をつけた。ただ、ガボリオの未亡人の手元にも、続きの原稿はなかった。

それでも、ダンテュはガボリオの死後、『毒殺女の恋（Les Amours d'une Empoisonneuse）』と改題して同作の完成版を出版する。原書ではエピローグとされている第十二～第十五章はガボリオの手によらないと見られる。彼が書き残した構想を元に、出版元が協力者に書かせたという可能性もあるが、経緯は明かされていない。

そして、この『毒殺女の恋』が二〇一四年に復刊される際、より内容にふさわしく『バスティーユの悪魔（Le Diable de la Bastille）』と再び改題されたのである。

連載時のタイトルにもなったブランヴィリエ侯爵夫人（一六三〇～七六）は実在の女性で、本書でエグジリが「予言」した罪を実際に犯して死刑になり、まさに稀代の「毒婦」として歴史に名を残す。

ただ、本作ではまだその本性には深く触れられず、むしろ悲恋のヒロインのように描かれている。前半の主要登場人物の多くは実在した。侯爵夫人とサント＝クロワ騎士が結婚前から知り合いだったという部分はガボリオの創作と思われるが、夫人の父による騎士のバスティーユ投獄、獄内でのエグジリとの出会い、プノティエの奸計など、大筋は史実に沿っているようだ。ガボリオは十九世紀半ばに、二百年前に世間を騒がせた事件を小説に仕立てたわけである。本文末尾に列挙されているブランヴィリエ侯爵夫人関連の資料は、刊行年が十九世紀から二十一世紀に及ぶ。侯爵夫人は時代を超えて人々の興味を引きつけ続ける女性なのだろう。

連載当時の読者にとっても、この作品は時代物、歴史ロマンだった。舞台となった太陽王ルイ十四世（在位一六四三～一七一五年）の治世は、どんな時代だったのか。

ルイ十四世が君臨した時代は、フランスでは「大世紀（ル・グラン・シエクル）」とも呼ばれる絶対王政時代である。サント＝クロワ騎士をバスティーユ送りにする「勅命拘引状」も、王の命令により、逮捕も裁判も経ずに投獄できるという絶対的権力を反映したものだ。

復刊版のタイトルにもなった「バスティーユ」は、元々は十四世紀に、城郭都市だったパリ市の東側の守りを固める要塞として建てられた。その後、パリ市が城壁の外まで拡大すると、バスティーユは堅牢さと構造が監獄にふさわしいとみなされ、十七世紀には国王直属の牢獄となり、軍の管理下に置かれる。この作品で少佐が管理職を務めているのはそのためだ。

ただ、牢獄といっても、囚人には食事や服装などの面で、かなり自由が認められていたという。そのおかげで、エグジリは房内で化学実験に励み、看守も囚人に対して比較的丁寧な応対をしているわけだ。

一七八九年にフランス革命が勃発すると、バスティーユ牢獄は圧政の象徴として真っ先に襲撃され、一八〇六年には解体が完了、跡地は広場となって現在に至る。

この物語では毒薬が大きな役割を果たしている。実際に、ルイ十四世の治世では王侯貴族の間で毒殺が横行したという。エグジリが毒をあおるくだりで、『ロミオとジュリエット』を思い出された読者もいるのではないだろうか。シェークスピアのこの悲劇の舞台はイタリアで、本作に登場するエグジリもイタリア人である。当時、毒薬の「本場」はイタリアだった。メディチ家からフランス王家に嫁いだカトリーヌ・ド・メディシス（一五一九〜八九）がイタリアから毒薬の達人を引き連れて来て、フランス宮廷に毒薬を広めたとも言われる。

本作には、聖職者総収入役、徴税請負人といった職業が登場する。当時のフランスでは、教会や国に納める税金の徴収は、現代風に言えば「民間」に委託されていた。徴税人は一般の人々から税金を集め、そこから自分の手数料を差し引いて教会や国に納め、私腹を肥やしたという。当然ながら庶民からは嫌われていたらしく、アニヴェルやプノティエが皮肉な筆致で描かれているのも無理はない。

前述したような事情により、作者ガボリオが物語にどのような結末を構想していたのかは、今となっては知る由もない。したがって、あくまで想像だが、彼は歴史上の事件を題材として、上流階級の色欲や金銭欲を描くいっぽう、登場人物の抱く純粋な情愛も描写することで、人間の善性と悪性を描こうとしたのではないだろうか。ちなみに、ブランヴィリエ侯爵夫人は処刑される前、聴罪司祭の導きによって悔悟し、聖女のように気高く最期を迎えたとも伝えられる。

エミール・ガボリオは一八三二年十一月九日、フランス南西部ソージョンに生まれた。父の転勤により転居の多い子供時代を過ごし、ソミュールの中等学校を出ると、代訴士見習い、騎兵、公証人見習いなど複数の職を経てからパリに出て、再びさまざまな職に就きながら法学や医学を学ぶ。大衆作家ポール・フェヴァルの助手となったことで、文筆の道に入るきっかけを得た。
　フランスの日刊紙は一八三〇年代から、読者層を広げて販売部数を伸ばすため、盛んに小説を連載していた。ガボリオも前述の『ルルージュ事件』の成功により人気作家の地位を得て、作品は連載が完結すると単行本として刊行された。なかでも探偵ルコックが活躍する作品は人気で、『ルルージュ事件』を含め六作が書かれている。ルコックは、コナン・ドイルが生み出した名探偵シャーロック・ホームズにも影響を与えたとされている。

　エミール・ガボリオの主要作品と主な邦訳書（電子書籍を除く）
　ルコックもの
『L'Affaire Lerouge』（一八六六年）（『ルルージュ事件』太田浩一訳、国書刊行会、二〇〇八年）
『Le Dossier 113』（一八六七年）（「書類百十三」［『世界探偵小説全集第三巻』所収］、田中早苗訳、博文館、一九二九年）
『Le Crime d'Orcival（オルシヴァルの犯罪）』（一八六七年）（「河畔の悲劇」［『世界大衆文学全集第二六巻』所収］田中早苗訳、改造社、一九二九年）
『Les Esclaves de Paris（パリの奴隷）』（一八六七年）
『Le Secret des Champsdoce（シャンドース家の秘密）』（一八六七年）
『Monsieur Lecoq（ルコック氏）』（一八六九年）（『ルコック探偵』松村喜雄訳、旺文社、一九七九

年）

その他

『La vie infernale（地獄の生活）』（一八七〇年）
『La Corde au Cou』（一八七三年）（『首の綱』江戸川乱歩訳、春陽堂、一九三〇年）
『L'Argent des Autres』（一八七四年）（『他人の銭』黒岩涙香翻案、扶桑堂、一八八九年）
『Le Petit Vieux des Batignolles（バティニョールの小男）』（短編集　一八七六年）

本文の訳出にあたっては、おもに以下の資料を参考にさせていただいた。
『パリの毒殺劇――ルイ十四世治下の世相』フランツ・ファンク゠ブレンターノ著、北澤真木訳、論創社、二〇一六年
『淫蕩なる貴婦人の生涯――ブランヴィリエ侯爵夫人』中田耕治著、集英社、一九八二年
「ブランヴィリエ侯爵夫人」（『世界悪女物語』）澁澤龍彥著、桃源社、一九六四年
『毒薬の手帖』澁澤龍彥著、桃源社、一九六三年

本作品については、海外ミステリ同好会会報『ＲＯＭ』誌の復刊第二号（二〇一八年）に掲載された小林晋さんのレビュー記事を、また、作者エミール・ガボリオについては、Wikipedia（フランス語版、日本語版）および前掲『ルルージュ事件』の「訳者あとがき」を参照させていただいた。

本書の解説をご担当くださった浜田知明さん、フランス語に関する疑問に丁寧に答えてくださったアンドレ＝ポール・イテルさん、きめ細く文章を校正してくださった平岩実和子さん、内藤三津子さん、本書を訳す機会を与え、支援してくださった論創社の黒田明さんに、この場を借りて心よりお礼申し上げます。ありがとうございました。

佐藤絵里

二〇二〇年四月

フュトン時代の花形作家の実力

浜田知明（探偵小説研究家）

「ルコックなんて、あわれな不器用ものさ。（中略）問題はただ身もとをあかさぬ被告の正体を、外部から認証するだけのことなんだが、僕なら二十四時間で片づけて見せることを、ルコックは六カ月もかかっているんだからね」

（コナン・ドイル『緋色の研究』二章　延原謙・訳）

ガニマールは、その捜査方法が一派をなしたり、その名が司法史上に残るような、そんな偉大な警官のひとりではない。かれには、デュパンやルコックやシャーロック・ホームズのような人々を照らしだしているあの天才的なひらめきが欠けている。

（モーリス・ルブラン「ブロンドの貴婦人」二章　大友徳明・訳）

かつての古典的ミステリー史、ダグラス・トムソン『探偵作家論』（広播洲・訳、春秋社）、フランソア・フォスカ『探偵小説の歴史と技巧』（長崎八郎・訳、育生社）、ハワード・ヘイクラフト『娯楽

としての殺人　――探偵小説の成長と時代』（林峻一郎・訳、桃源社→国書刊行会）、E・A・マーチ「推理小説の歴史」（妹尾韶夫、村上啓夫・訳、「宝石」昭和三十七年一月号～昭和三十八年三月号）などにおいては、ポー＝デュパンとドイル＝ホームズをつなぐ環として必須とされてきたガボリオ＝ルコックも、現在ではほとんど顧みられることがなくなったかに見える。

　ホームズ物語の長編四作うち三作は明らかに、ガボリオ＝ルコックによる二部形式を踏襲しているのだが、それゆえ却って古臭いと見なされてしまうほどなのだ（ただ、ルコックのために一言弁じておくと、『ルコック探偵』において、身元調査に要した期間は二カ月弱であり、証拠を固めて逮捕にいたるまででも三ヵ月しかかかっていない）。

　また、『四つの署名』において、ドイルが平刑事を警部 inspector としてしまった誤りは、フランスの inspecteur（私服刑事全般）の訳語をそのまま用いてしまったためなのだろうと思われる。

　こういった不遇は、小倉孝誠『推理小説の源流　――ガボリオからルブランへ』（淡交社）が投じられても大きく好転してはいないようだ。『ルルージュ事件』の世界初の長編ミステリーの座さえ危うくなっている（藤原宰太郎、藤原遊子『改訂新版　真夜中のミステリー読本』論創社、一章）。

　そんなガボリオに（というよりもフランス・ミステリー全体に）新たな光を当てていたのが松村喜雄『怪盗対名探偵　――フランス・ミステリーの歴史』（晶文社→双葉文庫）で、フランス伝統のロマン・フュトン＝新聞小説の流れの中で捉え直そうという提言だった。うがった見方をすれば、ガボリオの二部形式は、主要人物が登場するたびに、その出生から登場場面《シーン》に至るまでの経歴が物語られるのを常とする（それは、本作にも顕著に見られる）ロマン・フュトンの手法を踏まえながら、被害者や犯人に関する部分のみを最後まで後回しにしたものというわけだ（ただし、その第二部が非常に長いのだが）。

この、ちょっとした短編ほどの分量になる主要人物の経歴記述が、ロマン・フュトンを長大化させるもととなっているのだが（それゆえ、フランス本国でもアブリッジ版＝文章を適宜省略した短尺版《ダイジェスト》が出ていたりする）、登場人物を等しく容疑者とするために各人が記号化し、その断片的な言動が手がかりとして提示される近代以降のミステリーを経た現在となっては、やはり冗漫と見なされてしまうのだろう。

が、短編ほどもある経歴記述を織り込んで読者を退屈させないためには、それに応じたエピソードの構成力、人物に対する描写力を要するもので、それはこの習作においても充分に発揮されている。

習作と書いたが、本作は訳者・佐藤絵里さんの丁寧な「あとがき」にもあるとおり、出世作『ルルージュ事件』以前に書かれた中絶作に（一応の）結末をつけて出版されたもので、実在の人物を登場させた史実に基づくフィクション、歴史ロマンといった趣きだが、希代の毒殺魔の一生を描くはずの（この先のどこかで、出生からの物語も必ずや織り込まれることになっただろうから）発端篇で終わってしまっている。

その埋め合わせというわけだろうか、この夫人に関する著作一覧が巻末に付されているのだが、邦語でのものを付け加えておくと、
・澁澤龍彦『毒薬の手帖』（桃源社→河出文庫）
・中田耕治『ド・ブランヴィリエ侯爵夫人』（薔薇十字社→『淫蕩なる貴婦人の生涯――ブランヴィリエ侯爵夫人』集英社→『ブランヴィリエ侯爵夫人』白順社　血と薔薇文庫）

などがあるので、それらを読めば、この先の展開をあれこれ夢想してみることも出来るだろう。ガボリオが描いたであろうエピソードの細密さまでをも頭の中で再現するのは難しいとしても……。

不倫の現場を押さえるのだという下世話な幕開けから、不当な（とも言い切れないが）逮捕・投獄・監獄での同居囚といった『モンテ・クリスト伯』＝『巌窟王』的な状況へと発展し、（黎明期の作品だけあって）そこからまた視点が一定しないことが逆に、先の展開を予想しづらくもしていて、新たな人物たちが目の前に現出する窮地をどう乗り切るかの興味が途切れることなく、読む者を飽きさせない。

中絶作だけあって、結末の唐突感は否めないが、エピソードの構築と人物描写の確かさは、誇張でなくさすが往時の流行作家の実力を窺い知るのに充分な仕上がりを見せている。

最後に、大正期以降の現代語による邦訳一覧（ルコック・シリーズは現在、電子書籍での新訳がなされているのだが、それらは省略した）を載せることで、この拙い「解説」の任を塞ぐこととしたい。

【長編】（●は児童書）

・ルルージュ事件　L'Affaire Lerouge

「人か鬼か」田中早苗・訳「探偵小説」昭和六年十二月号／「ルルージュ事件」同・訳　春秋社

昭和十年十一月／同　苦楽探偵小説叢書　昭和二十二年九月／同　岩谷選書　昭和二十五年四月

＊以下、田中早苗・訳は英訳版からの重訳。

「ルルージュ事件」太田浩一・訳　国書刊行会　平成二十年十一月
＊初の完訳。

・書類百十三　Le Dossier 113
「金庫の謎」大平新三・訳「新趣味」大正十一年三月号〜十二月号／「書類百十三號」酒井一郎・訳　金剛社・世界伝奇叢書6　大正十一年十月／「愛慾地獄」田中早苗・訳　博文館・探偵傑作叢書大正十五年六月／「書類第百十三」同・訳　博文館・世界探偵小説全集3　昭和四年九月／同（同一紙型）　博文館文庫　昭和十四年六月
＊同一訳文によるものだが、後へいくほど抄訳度が増していく。

・オルシヴァルの犯罪　Le Crime d'Orcival
「河畔の悲劇」田中早苗・訳　改造社・世界大衆文学全集26　昭和四年一月
●「ルコック探偵」梶竜男・訳と文　小学館・少年少女世界の名作文学22　フランス編4　昭和三十九年十二月／同・（合本版）11　フランス編3、4　昭和五十一年十一月

・ルコック氏　Monsieur Lecoq
「ルコック探偵」「新青年」大正十一年五月号
＊第一部の大幅な抄訳。
「名探偵」田中早苗・訳　博文館・探偵傑作叢書7　大正十二年八月／「恋と名」同・訳　博文館・

探偵傑作叢書47　大正十五年十月
＊第一部・第二部を二分冊。
「ルコック探偵」「ルコック探偵後記」田中早苗・訳　改造社・世界大衆文学全集26　昭和四年一月
＊第一部・第二部の合本だが、第二部は大幅に抄訳されている。
「名探偵」同・訳　博文館・名作探偵7　昭和十四年六月
＊第一部のみ再刊。
●「名探偵ルコック」江戸川乱歩（名義の岡戸武平）・著　講談社・世界名作物語　昭和二十三年十月／同　講談社・世界名作全集73　昭和二十九年四月
＊第二部を大幅に抄訳。
「ルコック探偵」永井郁・訳　東都書房・世界推理小説大系2　昭和三十九年六月
＊原書長尺版の完訳。
●「名探偵ルコック」　亀山龍樹・訳　講談社・少年少女世界名作全集49　昭和三十八年六月
＊第二部を大幅に抄訳。
●「ルコック探偵尾行命令」氷川瓏・文　小学館・少年少女世界の名作文学24　フランス編5　昭和五十年二月
＊第二部を大幅に抄訳。
「ルコック探偵」　松村喜雄・訳　旺文社文庫　昭和五十四年八月
＊短尺版の完訳。

・首の綱　La Corde au Cou
「首の綱」江戸川乱歩（名義の水谷準）・訳　春陽堂・探偵小説全集18　昭和五年五月

【短編】
・バチニョルの小男
「バチニョルの小男」松村喜雄、藤田真理子・訳「ＥＱ」79号　九一年一月／同　村松喜雄・訳
光文社文庫『クイーンの定員Ⅰ』平成四年三月

・失踪
「失踪」松村喜雄、藤田真理子・訳「ＥＱ」87号　九二年五月

・呪われた家
「呪はれた家」柳田泉・訳　近代社・世界短篇小説大系　探偵家庭小説篇　大正十五年三月
「呪はれた家」木村信治・訳「新青年」昭和四年二月増刊号
「呪われた家」藤田真理子・訳「ＥＱ」１２５号　九八年九月

〔著者〕
エミール・ガボリオ
本名エティエンヌ＝エミール・ガボリオ。1832年、フランス、シャラント＝マリティーム県ソージョン生まれ。幼少期は公証人だった父親に同行してフランス各地を転々とし、中等学校在学中は文学作品を愛好して図書館で読書に没頭した。学校卒業後は騎兵隊に入隊するが病気のため除隊し、運送会社や新聞社に勤めて生活費を稼いだ。1859年頃から新聞へ扇情的な大衆小説を書きはじめ、65年に新聞連載された長編探偵小説「ルルージュ事件」が好評を博して人気作家となる。1873年、肺出血のため死去。

〔訳者〕
佐藤絵里（さとう・えり）
東京外国語大学外国語学部フランス語学科卒業。英語、フランス語の翻訳を手がける。訳書に『最新 世界情勢講義50』、『世にも美しい教養講座 超図解 宗教』（以上ディスカヴァー・トゥエンティワン）、『紺碧海岸のメグレ』、『絶版殺人事件』（以上論創社）などがある。

バスティーユの悪魔《あくま》
——論創海外ミステリ 252

2020年5月20日　初版第1刷印刷
2020年5月30日　初版第1刷発行

著　者　エミール・ガボリオ
訳　者　佐藤絵里
装　丁　奥定泰之
発行人　森下紀夫
発行所　論 創 社
〒101-0051 東京都千代田区神田神保町2-23 北井ビル
TEL:03-3264-5254　FAX:03-3264-5232　振替口座 00160-1-155266
WEB:http://www.ronso.co.jp

組版　フレックスアート
印刷・製本　中央精版印刷

ISBN978-4-8460-1924-2